# RIO, O ORI

Editora Appris Ltda.
1.ª Edição - Copyright© 2023 da autora
Direitos de Edição Reservados à Editora Appris Ltda.

Nenhuma parte desta obra poderá ser utilizada indevidamente, sem estar de acordo com a Lei nº 9.610/98. Se incorreções forem encontradas, serão de exclusiva responsabilidade de seus organizadores. Foi realizado o Depósito Legal na Fundação Biblioteca Nacional, de acordo com as Leis n⁰ˢ 10.994, de 14/12/2004, e 12.192, de 14/01/2010.

Catalogação na Fonte
Elaborado por: Josefina A. S. Guedes
Bibliotecária CRB 9/870

| | |
|---|---|
| C268m<br>2023 | Valesca Lins<br>Rio, o ori / Valesca Lins. - 1. ed. - Curitiba: Appris, 2023.<br>93 p. ; 21 cm.<br><br>ISBN 978-65-250-4110-0<br><br>1. Ficção brasileira. 2. Rio de Janeiro (RJ). I. Título.<br><br>CDD – 869.3 |

Appris
editora

Editora e Livraria Appris Ltda.
Av. Manoel Ribas, 2265 – Mercês
Curitiba/PR – CEP: 80810-002
Tel. (41) 3156 - 4731
www.editoraappris.com.br

Printed in Brazil
Impresso no Brasil

Valesca Lins

# RIO, O ORI

**FICHA TÉCNICA**

| | |
|---:|:---|
| EDITORIAL | Augusto Vidal de Andrade Coelho |
| | Sara C. de Andrade Coelho |
| COMITÊ EDITORIAL | Marli Caetano |
| | Andréa Barbosa Gouveia (UFPR) |
| | Jacques de Lima Ferreira (UP) |
| | Marilda Aparecida Behrens (PUCPR) |
| | Ana El Achkar (UNIVERSO/RJ) |
| | Conrado Moreira Mendes (PUC-MG) |
| | Eliete Correia dos Santos (UEPB) |
| | Fabiano Santos (UERJ/IESP) |
| | Francinete Fernandes de Sousa (UEPB) |
| | Francisco Carlos Duarte (PUCPR) |
| | Francisco de Assis (Fiam-Faam, SP, Brasil) |
| | Juliana Reichert Assunção Tonelli (UEL) |
| | Maria Aparecida Barbosa (USP) |
| | Maria Helena Zamora (PUC-Rio) |
| | Maria Margarida de Andrade (Umack) |
| | Roque Ismael da Costa Güllich (UFFS) |
| | Toni Reis (UFPR) |
| | Valdomiro de Oliveira (UFPR) |
| | Valério Brusamolin (IFPR) |
| SUPERVISOR DA PRODUÇÃO | Renata Cristina Lopes Miccelli |
| ASSESSORIA EDITORIAL | Débora Sauaf |
| REVISÃO | Ana Lúcia Wehr |
| | José A. Ramos Junior |
| PRODUÇÃO EDITORIAL | Raquel Fuchs |
| DIAGRAMAÇÃO | Renata C. L. Miccelli |
| CAPA | Sheila Alves |
| REVISÃO DE PROVA | Bianca Silva Semeguini |

*À cidade onde fiz e que faz a minha cabeça.*

# AGRADECIMENTOS

Agradeço ao meu companheiro Anderson Lins, que, com seu amor calmo, me dá a tranquilidade para eu assumir quem sou.

Obrigada, também, ao escritor Léo Tavares, pela leitura crítica e pelos diálogos afetivos sobre este livro.

# PREFÁCIO

## De Cabeça

Valesca Lins redesenha o Rio de Janeiro com as tintas de um território sagrado, Ori, remoldando cada pedaço da cidade, em seus acidentes, morros, altitudes, como se manipulasse nuvens, o chão onde deuses são possíveis e se perpetuam em laços radicalmente humanizados. Valesca risca um limite entre o sagrado que se deseja e o real que se observa no cotidiano, nas notícias de jornal, no imaginário popular, negro, aceso e revelado sob a égide das violentas desigualdades, mas também dos encontros e das resistências.

Nos contos que compõem este livro, podemos nos deparar com narratividades arquitetadas sobre ambientes ou atmosferas diversas que contextualizam uma mesma galáxia urbana — são ruas, cárceres, casas, times de futebol. São egos "do tamanho de um busão"; é a solidão como um espaço no qual também se torna possível fazer morada; são as paredes invisíveis erigidas em meio a uma conversa que, há dois segundos, parecia plena; são escadas e sambas que alicerçam o tridimensional labirinto responsável por nos levar do futuro ao passado, e vice-versa.

Com escolhas tão assertivas e, ao mesmo tempo, imbuídas de certa experimentalidade laboratorial, a autora produz situações que se expressam como luzes prismáticas, organizadas em combinações, assim como o embaralhamento (ou o desembaralhamento) da palavra Rio para a palavra Ori, operação-dobradura que Valesca de saída realiza diante de nós, leitores, anunciando, em sua dedicatória, uma oferta poética à cidade onde fez sua cabeça e que faz a cabeça dela — inversão delicada e minuciosa que adentra as camadas significativas dos princípios guias do destino e da origem das comunidades de religiões de matriz africana.

Em *Rio, O Ori*, Valesca Lins nos apresenta à perspectiva do Rio mítico como uma jogadora que mostra as cartas finais de um jogo do qual acaba de sair vitoriosa. Ela sempre carregou os recursos na manga, é uma excelente apostadora, organiza o tabuleiro e faz das ações um movimento especular com inteligência e sensibilidade. Ela não titubeia, e mesmo seus blefes têm a entonação de uma boa estratégia. Cada conto traduz a seu modo os cálculos minimalistas de uma autora que parece estudar as variáveis da estética pretendida, dedicando-se à pesquisa de seus discursos e efeitos formais.

Este grande pequeno livro, tão curto e tão longo quanto o tempo espiralar que Leda Maria Martins conceitua a fim de discutir as temporalidades estéticas e políticas na cultura afro-brasileira, é por ele mesmo o terreno em expansão de uma urbe sem fim que, ao contrário do que se verifica na realidade material, está, sim, condicionada por suas humanidades constitutivas. Aqui o Rio não existe sem os Oris, distante das peles escuras e trabalhadoras, ele se afogaria nas próprias águas revoltosas — e para adentrar as revoltosas águas, os 12 textos que configuram esta travessia —, Valesca nos convida (na mesma intensidade que sua escrita parece demarcar-se no mundo) ao mergulho pleno, de cabeça.

**Paloma Franca Amorim**

*Nasceu no ano de 1987, em Belém do Pará, é licenciada em Artes Cênicas pela USP. Em 2017, lançou seu primeiro livro de Contos "Eu Preferia Ter Perdido Um Olho e em 2021, o romance "Oito". Além de escritora é pesquisadora de artes da cena, educadora e artista visual.*

# APRESENTAÇÃO

O mundo das pessoas "importantes" me dá calundu, talvez por ser cria das suburbanidades. Fico na espreita de uma galera que cria seus espaços, a partir dos perrengues, que sobrevive apesar de toda adversidade e traz esperança consigo. Não uma esperança ingênua, mas a que dialoga com inéditos viáveis.

Em *Rio, O Ori*, existe um fio narrativo para contar o Rio de Janeiro permeando e alinhavando diferentes tempos, num movimento circular infinito. Para tanto, trago vozes de pessoas oprimidas para falar, por exemplo, das pinturas documentais feitas pelos artistas viajantes que brotaram em terras cariocas, nos tempos coloniais. Histórias sobre samba e futebol, que alçam essas expressões a fontes de conhecimento e experiência humana, não de alienação. Impulsiono a artesania de novas cosmovisões, como desejo vindouro de um mundo pluriversal, onde cabem todas, todos e todes.

Nado por um Rio de Janeiro que não é o das praias. Surfo numa ressaca que faz enchente de sons, imagens que circulam pelas culturas populares, sem as quais o Rio de Janeiro não é nada. Para você, leitora, para você, leitor, que quer mergulhar seu Ori em ancestralidade, identificação e jeitos de viver numa cidade "amefricana", controversa, com muitas potencialidades, rasgos de alegria e humor, mas que se mostra brutal e cortante.

# SUMÁRIO

## A FACHADA DAS MISÉRIAS

E POR FALAR EM SAUDADE ................................................................. 17
TALANTE ................................................................................................ 22
OS VIAJANTES ....................................................................................... 33
KANDUMA BILAMA ............................................................................... 38
METAMORFOSE DESTES TEMPOS ..................................................... 44
ARBÍTRIO ............................................................................................... 49

## INCURSÕES SOBRE A DERME

4RE4 DO 41 ............................................................................................ 59
PANEGÍRICO A SEU IBERÊ .................................................................. 68
NA BARRACA DA TIA ............................................................................ 73
O MAIS QUERIDO DO BRASIL ............................................................. 78
GURUFIM ............................................................................................... 84
DESPERTAR ........................................................................................... 88

# A FACHADA DAS MISÉRIAS

## E POR FALAR EM SAUDADE

    Um filete de descrença percorre meu corpo. É março, um mês que mexe comigo. Estou subindo aqui esta rua tão longe do lugar onde nasci e fui criada. Rua movimentada, muita gente indo e vindo com pressa, parecem que têm destinação certeira. E eu sem rumo, sem destino, só apreciando mesmo a vista. Rua alta, tenho que me escorar nas casas talhadas com pedra que encontro pelo caminho para dar continuidade ao passeio. Rua estreita nada de asfalto. Ruas pontiagudas que me puxam para me deitar ou cair. Sempre tive vontade de conhecer uma cidade antiga como essa. Mas, ao mirar para o lado, não sei se por causa do cansaço ou numa miragem mesmo, dou de cara com os conjuntos onde morei por vinte e quatro anos da minha vida, lá na cidade maravilhosa que me desmaravilhava. As portas me chamam, as janelas me cravam olhares. Minha cabeça fica confusa, acho a construção parecidíssima com o prédio de apartamentos onde me apertei com minha família um tempão. Talvez seja saudade! Há muito tempo não vou ao Rio de Janeiro — nos conjuntos, então, mais tempo ainda!

    Na última vez que estive por aquelas bandas, eu estava envolvida com um grupo de pessoas que ousava pensar a cidade de outro jeito. Não sou arquiteta nem engenheira e sempre pensei a cidade. O fato de ter crescido sentindo-me menos gente, exposta a toda sorte de violência, fazia-me passear com a fereza. Era a fúria que me fazia prosseguir, desafiar a mim e as regras da lógica que construíram o Rio de Janeiro. Eu me lembro de que, quando comecei a trabalhar, levava mais ou menos uma hora e trinta minutos para chegar até o trabalho — numa condução sem o menor conforto e cara pra caramba! Pegava um busu até a estação do metrô e depois o próprio metrô para me levar à labuta. Eram gastas três horas diárias da minha vida em transporte, mais as dez horas trabalhadas. sobrava-me pouco tempo para ser eu. O que quer dizer ser eu? Eu queria estar no samba, eu queria namorar, eu queria ter dinheiro para conhecer o mundo, passar mais tempo com minha família e até jogar conversa fora.

Nunca entendi por que eu tinha de morar longe do trabalho. Por que não tinha possibilidade de me mudar para o bairro onde eu passava muitas horas da minha vida? Por que o serviço do metrô da Linha 2 era tão diferente do serviço da Linha 1?

Voltando um pouco atrás no tempo (sim, porque minhas bílis e meus sucos ácidos podem transformar-se em cores cheirosas e num nirvana de imaginários que escorrem em memórias afinadas pelas vivências), domingo era um dia aguardado, tinha uma feira em que se vendia de tudo. Eu era freguesa do point do Jefferson. Tava louca pelas músicas da época. Qualquer graninha que sobrasse, fortalecia o corre do amigo e comprava CDs de uma *boy band* qualquer ou os que gravavam o som do baile charme que eu frequentava.

O dia de São Jorge era bem bacana também. Começava com aquela alvorada de fogos. Vinha gente diferente, de todo canto das vizinhanças. Tinha barraca da feijoada, outras vendendo velas vermelhas e aquelas que tocavam aquele pagode esperto.

Antes, muito antes ainda, me punha com as crianças a desvendar os mistérios do bairro. Corria os outros prédios, ia na tal casa rosa que vendia doces ou até seu Fernando pra comprar pão pra minha tia e madrinha. Tinha uma árvore na qual eu adorava aproveitar da sombra. Diziam que ela tinha uns preceitos lá de um caboclo. Minha família era crente, eu infringia uma regra para me deliciar na brisa das suas folhas. Quando a noite caía, a iluminação era ruim. Mesmo assim a gente dava um jeito de se jogar pela rua.

Numa vez, meti a mão no chefe da patota de garotos. Tudo por causa de búlica. Ele trapaceou, empurrou uma bola de gude minha no buraco, com o dedo mindinho. Porque eu ia ganhar aquela partida e ele não admitia perder para uma menina! Parti pra dentro e os outros meninos ficaram caçoando dele, dizendo: "Apanha da mulezinha". Eu era braba, nunca levei desaforo pra casa. Ele falou que meu cabelo era feio e um bombril. Eu me senti muito ofendida e não conversei, dei mais uma traulitada nele, esta deve doer até hoje. O danado não conformado, juntou uma turma pra me pegar. Eu, além de saber brigar, tinha pernas como as do Robson Caetano, astro do bairro. Eu corria muito, eu tinha asas nos pés. Os moleques não conseguiram me pegar. Meu refúgio foi a árvore, passei a tarde pendurada, deitada, em pé, lá em cima nos seus galhos. Ela me salvou. Só não me salvou da sova que madrinha me deu. Ela disse que ficou doidinha atrás de mim.

A árvore era rodeada pela quadra da escola de samba, na verdade, um bloco! Ah, na verdade, um centro de arte, era bem o que era. Só sei que era famoso porque quem havia criado tinha sido Seu Candeia, na companhia de outros bambas, como Martinho da Vila, Jorge Coutinho, Neizinho, Wilson Moreira e Darcy do Jongo.

Lá que eu aprendi muita coisa sobre história, geografia, matemática e pretuguês. A degustar letras geniais dos sambas mais divinos que já ouvi! E a lutar como nossa gente sempre lutou!

Andando para frente de novo, ao entrar na universidade, no curso de Comunicação, tive contato com vários pensamentos e ideias. Uma delas era que o Rio de Janeiro tinha vocação para a felicidade. O que era isso, afinal? O Rio é uma cidade marítima, fluvial, lagunar. Quanta coisa poderia se fazer com isso. Transporte público, diminuindo meu tempo de travessia para chegar na empresa, trazendo mais vida pra mim. Essas discussões foram se ampliando, ganhando terreno. Fazer transporte pelo rio Pavuna, baía de Guanabara, ligar vários pontos ao centro. Parar de dar lucro para esse cartel de empresários de ônibus e diesel. A ideia charmosa ia dinamizar o turismo. Acho que nasci com essas ideias, estiveram ali renitentes, segurava-as e prendia-as na minha mão. Dessa vez, passaram à minha boca.

Eu sentia vergonha por uma porção de coisas. A principal era por morar onde morava. Toda vez que ia trabalhar, eu ficava fixada olhando para o mar de Ipanema, que era como dois olhos profundos que me tragavam para o inferno. Era como se me engolissem e me afundassem. Pareciam dois olhos cor de topázio, duas valas por onde eu escorregava e não conseguia sair. E ao chegar em casa, encarava as valas de esgoto que se esparramavam ao longo da Rua 13. Eu pretendia parar de morrer de vergonha de morar ali, de me sentir inferior, de não ter direito à cidade. Antes de conseguir emprego, nem a atravessava porque se inflamou uma história tal de que era tão violenta que nem ousava sair da região que eu conhecia bem.

Comecei a organizar reuniões com jovens como eu, para trocar ideia sobre o que me inquietava, e deixava-os sem eixo também. As reuniões foram crescendo, e os mais velhos se achegando, até que o mar de gente não dava mais na quadra da escola de samba do bairro e tomou as ruas. Deram-me o título de líder comunitária, e isso não ficou barato pra mim, não! Os olhos de gente que quer avanço voltaram-se para a comunidade e para mim, mas chamei a atenção de quem quer a cidade estática sem movimento e tem projeto de morte.

Essas conversas ganharam tanta força que começaram a incomodar gente poderosa. Ao chegar em casa após um dia árduo de trabalho e estudo, encontrei minhas primas e a tia chorando. A porta do apê estava arrombada, e uma ameaça pichada na parede da sala: "boca fechada, não entra mosquito". O Rio de Janeiro, além de estar nas mãos de políticos e empresários inescrupulosos, divide território com as milícias que também controlam o transporte alternativo.

— Pessoal, a gente tem a possibilidade de criar uma cooperativa de transporte fluvial. Fazendo ligação das cidades e bairros que circundam a baía de Guanabara para o centro do Rio de Janeiro. Não precisamos ficar dependentes de um transporte caro e inoperante como os ônibus.

— Mas teremos muitas lutas. Além dos empresários de ônibus, tem as empresas de combustível! Muita gente poderosa!

— Sim, mas queremos um Rio de Janeiro acessível a todos em menos de meia hora! Vamos em frente!

Meus papos incomodavam a todos que detinham a fatia que organizava e mandava na cidade.

Eram os tempos de fechamento do verão, já de noite. Eu, finalmente, havia convencido uma turma boa para me acompanhar naquela reunião, que considerei a maior e mais cativante de todas. Certa de que as coisas estavam na batida da mudança, do novo. Finalizada aquela noite inebriante, rumei para uma rua sinalizada, cheia de placas. Sentei-me com as pernas nervosas no meio-fio para amarrar meus cadarços, as intuições pressionavam meu esôfago e saltavam pelas vistas. Meus olhos bem abertos, mais abertos do que deveriam, talvez. E vi um carro. Um carro vermelho. O fogo passou a riscar meu corpo e de minha tia. Eu tentava pegar as labaredas. O mundo todo chacoalhava e explodia. Minhas pernas estavam em carne viva. Furos, buracos, gritos aos montes ressoavam no asfalto, choro, lamentações, muitas lágrimas que lavaram os poros da terra dos inertes.

Um choque e os líquidos marítimos do azedume foram minhas companhias. O Rio se tornou uma corrente de frieza e das distâncias. E nesse momento, descanso da subida que iniciei debaixo das bravuras que me embalam. Nos instantes em que me livro da paralisia da incredulidade, percebo a sacudição que a cidade maravilhosa tem a chance de provocar, sair do modo espera, dar fim a essa vontade de se destruir e ser semente, nesta terra "amefricana".

## TALANTE

Um sonho que sempre acompanhou minha vida de vigília foi este:

"Eu era uma deusa com poder de passar pelo fogo, sempre em companhia de alguém. Atravessávamos labaredas infernais e saíamos intactas do outro lado. Quando eu me colocava sozinha para enfrentar a fogueira, morria e acordava sem ar."

Também sonhava muito que estava caindo de uma escadaria bem alta. Minha avó me respondia: "Sossega, menina! Isso só mostra que você está crescendo, não precisa ter medo". Ela falava sobre o sonho com a escada. Sobre o fogo, ela não exprimia nada. Ficava sempre escutando meu relato com os olhos arregalados, mastigando o matinho no canto da boca.

Cresci numa família em que os sonhos que a gente costuma sonhar acordada não tinham vez. Havia muita proteção para que o mundo do encantamento e das minhas ousadias e dos meus anseios não chegassem até mim. Hoje, imagino que foi isso que aconteceu com as pessoas que tentavam a todo custo matar a magia das minhas ideias: morrer em vida.

Era a casa das três mulheres: eu, minha vó Zezita e minha irmã Iolanda. Minha irmã e eu de pais diferentes. Minha mãe virou pó na estrada, atrás de um namorado, e nunca mais deu notícias. O pai da irmã era presente; apesar de deixar a filha aos cuidados da minha vó, sempre passava na nossa casa ao final do dia e pegava minha irmã nos fins de semana. Havia uma diferença de idade entre nós duas de dez anos. Minha irmã trabalhava na farmácia, atrás do balcão. Eu era criança e corria os arredores pulando muros ou trepando nas árvores das ruas.

Meu pai não tenho nenhuma lembrança dele, não! A única coisa que sei é que ele me deu o nome na certidão de nascimento. Dona Zezita trazia à minha memória, como um escárnio, que eu parecia muito meu pai. Eu arrematava que era por isso que me maltratava tanto. Defendia a opinião de que o marido dela, meu avô, nunca havia gostado do meu pai porque ele tinha faro pra falta de caráter. Quando minha mãe se engraçou com ele, já tinha uma filha, e todos diziam que ele só queria passar minha mãe na cara e se mandar.

Diz, minha vó, que meu pai tratava minha mãe e a Iolanda bem para disfarçar o canalha que era.

— Homem preto dá nisso! Agora vê se pode! Botou filho na tua mãe e sumiu!

Minha vó Zezita debruçava a culpa do abandono na cor da pele do meu pai. Que eu só herdei a parte ruim dele, o cabelo e o nariz. Minha irmã Iolanda era mais clara. O pai tinha cabelo liso e convivia com a filha. Ele só não levava Iolanda pra morar com ele porque se casou de novo, e a mulher não aceitava outra filha, senão a dela na mesma casa.

A gente ia rezar com intuito de cortar o pecado do passado da família. Pecado esse que eu desconhecia. Eu pensava que talvez fosse porque minha mãe se perdeu e teve duas filhas de homens diferentes e se enveredou por este mundo na cola de outro.

Dona Zezita e Iolanda me educavam, eram as pessoas que cuidavam de mim, me levavam à escola, me ensinavam dever de casa:

— Iara, meninas não se sentam com a perna aberta. Meninas têm cabelo grande. Meninas direitas não deixam rapazes as tocarem com intimidade.

Meus cabelos não cresciam no sentido gravitacional, eles cresciam pra cima. Adorava sentar-me de modo que o arzinho circulasse e dançasse por entre minhas pernas; e por garotos eu nem me interessava.

Na escola, gostava de desenhar nas carteiras ao invés de prestar atenção naquelas histórias de príncipes regentes e princesas redentoras que nada tinham a ver comigo. A gente visitava o palacete da princesa Isabel que fica onde morei. Apregoam por aí que de lá que ela assinou a Lei Áurea.

Eu levava muitas horas até chegar ao colégio. O hábito que chamavam de rabiscar e sujar as mesas da escola custou-me muitas horas de broncas e castigos. Fui apelidada de vândala, nega maluca, nega do cabelo duro e muitas outras coisas. Foi um período bem difícil, o tempo de escola.

Quando completei dezessete anos, terminei o ensino médio. Um garoto da Igreja, chamado Isaías, decidiu bater na porta da minha avó, pedindo-me em namoro. Não ia viver sob o ordenamento duro do desalento. Minhas parentas já indicavam o caminho: trabalhar na lojinha do Seu Zé, arrumar um emprego na farmácia, no mercadinho ou um casamento.

Isaías tinha uma loja de revenda de carros usados e vinte e seis anos. Era descendente da família do capitão Araújo, bem famoso aqui pela Zona Oeste. Tipo uma família tradicional suburbana que funda Igrejas e tem nome de rua. Eu nasci nesse ambiente, não conhecia outro, mas não me sentia parte. Tudo aqui me sufocava. Nada fazia sentido. Minha avó pregava que os espíritos da família do meu pai queriam me arrastar para as trevas. Eu sabia, por alto, que a mãe do meu pai era Mãe de Santo.

Após o culto da manhã, num domingo, eu inventei que não me sentia bem e fui embora pra casa antes. Resolvi entrar no quarto de minha vó, coisa que eu nunca fazia sem ela estar presente. Remexi nas caixas velhas de sapatos que ela usava de porta-trecos, brincos enferrujados, pulseiras torcidas, roupas gastas e esgarçadas. Peguei uma caixinha de metal onde estavam uns manuscritos. Ouvi a porta da sala bater. Com o susto, a caixinha pulou das minhas mãos como se fosse uma rã escorregadia. Abaixei para apanhar e avistei ao lado, entre a penteadeira e a parede, um brilho tão intenso que chapou meus olhos e os deixou tontos. Rapidamente, para saber o que tinha ali, enfiei minha mão esquerda e acabei furando meu dedo indicador.

— Droga! Logo da mão esquerda! A mão que uso pra desenhar!

Mas saquei que se tratava de um objeto cortante. Saí do quarto pé ante pé, fui para o quintal lavar minha mão em água corrente, pressionei o dedo e estanquei com uma gaze. Minha irmã perguntou o que tinha ocorrido, e eu disse que não era nada de mais, um copo havia quebrado na cozinha e me cortei.

Minha irmã já com vistas de se casar. O noivo também era da Igreja. Ela achava que já passava da hora, imaginava que o tempo fosse matemática. Para cada época, há uma obrigação. Tempo é sensação. Depende se o que estamos realizando é para si ou para os outros.

Meus pensamentos iam totalmente de encontro a essa vida de se casar, ter filhos e viver na Igreja.

Cada dia que passava, notava a agonia me abraçando. A negativa se abateu sobre Isaías, e falei não. Ao dizer "não" para ele, estava dizendo "não" para minha vó. Pra ela, eu tinha tirado a sorte grande! Ele ia me dar uma vida melhor, já que a gente morava numa casa de tijolo sem reboco, com três cômodos, quarto de Zezita, quarto de Iara e Iolanda e uma sala que servia também de cozinha. A roupa era lavada à mão no tanque do lado de fora, no quintal de terra batida. E o banheiro era uma casinha do lado de fora. Era uma casa mal projetada, a que foi possível nós termos.

Isaías ia poder me dar uma casa pintada, com reboco, máquina de lavar, quem sabe, até ar-condicionado para enfrentar o calor carioca. Minha avó nem entendia por que ele me escolheu. Arrazoava que talvez fosse porque eu estudava e me reparava nos cultos.

Eu queria tudo que não tinha, acreditava que, de alguma forma, podia fazer algo por mim, sem depender de ninguém.

Via e ouvia na escola de moças e rapazes que faziam um curso e recebiam profissão. Eu sabia desenhar, e era isso que pretendia fazer! Trabalhar com arte e ser reconhecida.

Passei a sair com uma turma, que frequentava bares, festinhas aqui e ali. Muito dor de cabeça e falação sem fim da minha família! Era acusada de estar me perdendo e fazendo coisas do mundo.

Eu me lembro de que, nas ruas do Rio, aconteceram minhas primeiras intervenções artísticas. Um dia, um sujeito se aproximou pondo as mãos em mim e perguntando se ele podia me pagar uma bebida. Pedi que ele se retirasse. Enfrentei resistência, e ele só saiu quando disse que estava aguardando meu noivo que não existia.

Passei a entregar:

> Eu não estou aqui a procura de sexo, homem ou romance.
> Estou só porque assim desejo e não lhe devo satisfação.
> Deixem-me em paz!

Quando estava num lugar, e uma frase ou piada racista era proferida:

> Espero que você possa refletir
> Sobre o que disse
> Esta é uma oportunidade
> Que a vida está te dando
> Racista nunca mais

Uma professora, que ia com minha cara e admirava meus desenhos, me inscreveu num tal vestibular. Eu passei, mas não comemorei. Tinha que enfrentar o crivo da minha família que afirmava que cinema, teatro, novela e mundo artístico não era pra gente como nós. Isso pertencia a outro tipo de gente. Que a nós restava sobreviver e agradecer o pouco que tínhamos.

Eu estava diante da repetição ou de me dar meu próprio rumo. O medo da ira divina me consumia. O que recairia sobre mim, por não seguir o conselho dos mais velhos? Tinha medo de que nada desse certo e eu tivesse que arcar com consequências terríveis. Meus ouvidos foram enfeitiçados pela profecia de um poeta: "O que é seu, é seu! É coisa que nasce no seu espírito. Não é dado aos outros".

Decidi, fui embora.

A Iara sempre foi a protegida lá de casa. Desde que ela nasceu, todos os cuidados eram voltados pra ela. Minha vó proferia com muitos suspiros:

— A coitada não tem pai nem mãe! Ainda por cima leva uma porção de desvantagem, a pele é escura, esse nariz e esse cabelo pixaim.

Ela nem pegou o tempo em que eu, nossa vó e a mãe morávamos na ocupação. Era em barraco de madeira. A pia para lavar louça e o banheiro eram comunitários, tinha fila pra lavar roupa. Não teve ratos como companhias para dormir. Contava minha mãe que o pai da Iara teve que caminhar quinze quilômetros pra registrar e dar seu nome a ela. Sem cartórios por aqui. Mas ela já nasceu na casa de tijolo.

A diferença de idade pesava entre nós. Eu fui obrigada a trocar muita fralda, a ter cuidados com ela quando eu tinha apenas dez anos, quando poderia estar na rua brincando com as outras crianças. Buscava na escola, ensinava deveres. Era uma carga grande, já que vovó saía cedo pra limpar casa de bacana. A aposentadoria da vó era pouca, e ela queria algo melhor pra gente.

Eu parei de estudar na oitava série pra ajudar com um dinheirinho dentro de casa. Iara, como tinha mais tempo e era a protegida, ficava envolvida com os livros. Danava a emporcalhar e borrar as paredes da escola que, inclusive, era particular. Como ela era esperta e inteligente, uma patroa da vó indicou lara para uma bolsa integral. Ela teve oportunidades que eu não tive.

A vó a queria bem articulada, sabendo conversar para arrumar bom partido na Igreja. A vó falava que os homens de agora queriam uma mulher que soubesse cuidar da casa, mas que também tivesse o que conversar, para não ficar entediado falando com as paredes.

O tempo passou e desceu sua violência sobre mim. O espelho refletia que eu estava envelhecida e nem tinha chegado aos trinta. A batalha dos dias, sem autocuidados! Mas eu me sinto assim desde sempre. Relembro nossas idas à Igreja do pastor Tércio, na nossa meninice. Ficava pra perto da ponte dos Jesuítas, tão malconservado lá. Esse desgosto tombava sobre minha alma, carregava um penar; via-me deteriorada também, como o lugar que abrigava nossa casa. Amontado de histórias e esquecido. Um bairro que não tem uma distração. Já a Igreja não! Era uma ótima atividade. Melhores horas da minha semana. Tinha feito amigos ali, a gente se divertia cantando música, rindo. Ajudavam a nossa vó com ação social. Traziam uma palavra de conforto. O que passamos de ruim nessa vida há de ser recompensado no céu. Essas conformações aliviavam meu peito amolado na desilusão. Ouvir os sermões era um aprendizado muito profundo para mim. Nos meus passos queria seguir Jesus.

Eu tinha uns desmaios, convulsões, desde meus treze anos. Aquilo me dava muita vergonha. Porque, às vezes, estava na rua e caía, fazendo aqueles movimentos involuntários, feito minhoca na cinza. Tinha que tomar remédio para epilepsia. Alguns achavam que era coisa reprimida, saudades da minha mãe, trabalho feito pela mulher do meu pai, que não gostava de mim.

Meu pai era um bom homem, ia me ver de vez em quando. Mas a gente não conversava sobre nada. Ele ia, ficava alguns minutos lá calado, me dava um beijo na testa e tchau. Eu me sentia estranha, tinha uma tristeza. Quando meu corpo começou a mudar, tinha dúvidas e queria conversar com alguém. Iara era pequena, a vó não tinha tempo e, mesmo se tivesse, só o olhar dela era capaz de fazer arder e queimar minha cara. E meu pai…

De uma hora pra outra, os meninos, de chatos, passaram a ficar interessantes. Eu olhava muito para certo garoto e sonhava que ele fazia coisas comigo. Eu me pegava em oração, pra Deus afastar esses pensamentos de mim.

Arrumei um serviço na farmácia, ganhava o salário-mínimo. Nossa alimentação melhorou um pouco; às vezes, comíamos carne. A Iara estava no ensino médio, a vó relatava que ferro fazia bem pro cérebro e ia fazer bem pros estudos dela comer carne.

Meus desejos não cessavam, e, quanto mais crescia, mais meus ataques aconteciam. Rodolfo passou a perceber que o olhava diferente e começou a flertar comigo. Eu devolvia a paquera. E quando dei por conta, já estávamos nos embolando.

Na primeira vez que senti Rodolfo dentro de mim, todas minhas angústias deixaram de existir. Eu o amei pelo que fez por mim. Varreu todos aqueles acessos que me rebaixavam a figura de uma mulher doente dos nervos. Mas foi só isso, sabe? Passou! Não era amor para vida toda. Eu me cansei dele. Eu tomava remédio para não engravidar. Sem gravidez, quem poderia atestar que eu não era mais moça?

O serviço na farmácia terminava tarde, eu chegava em casa depois de meia-noite. Hoje, fiquei em pé o dia todo, espero descansar e dormi na santa paz.

— Iolanda, a senhora pode me explicar o que é isto que achei nas suas coisas?

— São remédios, vó!

— Sei disso! Remédios para evitar gravidez.

— Sim.

— Você quer seguir o mesmo caminho da sua mãe. Um caminho de perdição e devassidão. Sua mãe que era assim, gostava de seduzir até marido dos outros.

— Vó, não fala assim, não fiz nada de errado. É a minha vida!

A vó lançou um tapa ruidoso no meu rosto. Perguntou quem era esse namorado que ela nem conhecia. Eu respondi que nem estava mais com ele e que estava tudo bem.

Ela se encheu de muito ódio e pontuou que, se eu quisesse continuar debaixo do teto dela, que tinha que seguir a cartilha. Havia um irmãozinho na Igreja que gostava de mim e que, se eu omitisse essa parte da história de que já havia tido relações com alguém, ele nem perceberia. Aceitei o noivado. A vida longe da vó e da Igreja parecia impossível pra mim.

Quem me auxiliaria? Minha irmã muito da egoísta foi embora, sem nem me revelar pra onde. Tanto tempo dedicado a ela pra nem mesmo tchau, cachorra! A esperança de ela mandar me buscar foi ficando distante até ser esquecida. Meus olhos secaram, e dentro de mim também estiou.

— Iara! Sou eu, sua irmã Iolanda! Lembra de mim?

— Aconteceu alguma coisa? O dinheiro que mando não chegou?

— Você acha que é só isso que queremos de você, não é?

— Não é isso, é que...

— Nossa vó não está bem!

Voltei ao lugar que me viu nascer, crescer e fugir. A casa estava diferente, tinha o aspecto de tristura, ao mesmo tempo revelava benfeitorias. Um afago me envolveu como um abraço com muitos cheiros e quentura, mas sentia agulhadas no espírito. Brotou a imagem de minha avó tão altiva; e por ora desmanchada e tão pequena numa cama, com a voz fraquinha. Pedi sua bênção. Ela tentava conversar, mas a falta de ar não deixava. De tanto tentar falar, ela adormeceu. Fui pegar um cobertor e, ao abrir a porta do armário, um objeto de metal caiu e quase furou meus pés.

— Ah não! Já furou minha mão, agora quer furar meus pisantes?

Minha irmã Iolanda entrou no quarto. Cuspi tudo sobre a tesoura fio de navalha, que éramos velhas conhecidas. Falei das cartas que estavam em cima do armário.

— Você mudou muito, não é, irmã? Sua vida é boa! É feliz sem filhos?

— Eu vivo a vida que escolhi. Filhos nunca foram uma vontade.

— É! E eu fiquei aqui neste lugar, cuidando da vó! Casada com um homem decente, mas sem amor. A única coisa boa são meus filhos.

— Você não pode me culpar por suas escolhas!

— Eu não tive oportunidade de escolher como foi com você.

Minha irmã era ressentida comigo e com a vida. Tratei de mudar de assunto e voltei ao exame das cartas. Iolanda me ajudou e passamos a ler juntas.

"Mãe, estou indo embora não consigo mais suportar os mandos e desmandos daquele que a senhora me ensinou a chamar de pai. A senhora sabe muito bem o que ele faz comigo. Eu te vi no dia que chegou da feira e ficou na sua, não deu um pio. E seu macho tinha ido almoçar em casa e aproveitou mais uma vez para pesar o corpo dele sobre o meu. Ele faz isso desde os meus onze anos. Ele nunca gostou de nenhum namorado meu porque me queria só pra ele. Nunca consegui colá com alguém mais seriamente, tudo por causa desta parada. Os pais de minhas filhas eram pessoas legais, me amavam, botei os dois pra fora da minha vida.

Não tenho culpa da gratidão que a senhora sente por esse a quem você chama marido. Tô sabendo que quando o traste te conheceu a senhora já estava grávida de mim. Isso não é motivo para tratar ele como santo. A senhora deve se sentir muito abaixo dele.... Criar uma filha que não era dele de sangue, mas podia ser no coração, é um ato maneiro, não de salvação. Ele nunca me viu *como filha. Nunca fez um filho de verdade em você porque é saco d'água. É só ver o tempo que você é casada com ele e o tempo que ele me atormenta. Mas com minhas filhas, ele não vai fazer isso. Com minhas filhas e com mais ninguém."*

A gente leva bagagens pesadas que não são nossas. As misérias aparvalham o espírito, desdentam as bocas. Ao olhar minha irmã agora, completamente paralisada e estática, volto ao começo. Embrenhou-se em mim um sentimento incomum de conciliação. O silenciamento com toda sua virulência foi rompido. A trilha que percorremos na solidão da desavença, talvez, façamos com a semelhança repousada em nosso colo. A ternura nos aceitou! O sofrer tem dessas coisas!

## OS VIAJANTES

Pega a pedra. Lixa a pedra. Alisa a pedra. Já lisinha, é o lápis que vai dando contornos com a gordura de suas pontas. Lança emulsão, limpa. A tinta toma o lugar do lápis. Limpa de novo. Lapidando, burilando. Com seu arbítrio, costurava e reproduzia o panorama deslumbrante e exótico das terras cariocas.

Ele chegou aqui, muito jovem, a convite do barão. Não sei de onde era, só constatei que era o mais puro modelo da civilidade que o Império tentava adotar. Um tanto desengonçado, com aquela porção de roupas que cobriam seu corpo magro e austero. Cabelos cor de milho e um bigode que brotava do rosto, esforçando-se para impor respeito.

Nhô George, falou-me que eu, Aurelina, crioula, ficaria responsável por esse estrangeiro, em tudo que ele precisasse. Um frio me corria de fora a fora e me congelava o juízo. Em meus pensamentos, uma mulher, como eu, ficar à disposição de gentes como essa incluía o que todos os homens querem.

Apesar de passar grandes temporadas fora, meu patrão tinha o costume de fazer negócios com nossos corpos com pessoas da corte que ele menosprezava. Considerava a todos um bando de primitivos, sem modos, sem bons costumes, sangue impuro, sem decência, mas tinham dinheiro, muito dinheiro. Em favor desse último, ele esquecia todas as demais desqualificações.

Mas a sorte estava ao meu lado. O tal viajante só se interessava em andar pelo caminho novo, e eu estava encarregada de levar as pedras que ele precisava nas minhas costas.

Eu aprendi a ler e escrever, ficava por detrás da porta ouvindo as lições que as sinhazinhas tinham com a nhá com nome tão estranho que não consigo nunca lembrar. Por conta disso, o tal pintor vindo de fora ficou muito satisfeito com meus préstimos. Quando se atracava com a língua portuguesa, era a mim que vinha pedir ajuda.

O viajante gostava de apreciar os palacetes, o verde das matas, a fauna, a flora e as paisagens naturais; além de adorar degustar as bebidas, especiarias, iguarias oferecidas pelo senhor. Não perambulava pelas ruas de São Sebastião do Rio de Janeiro como eu. Ia a locais indicados pela formosura das águas, pelo canto dos pássaros. Acho que os olhares viciam, sejam eles de encantos ou amarguras. Esse doutor persegue a exaltação da harmonia e do bem viver. Como se nestas bandas fosse possível essa proeza.

Este é um território cheio de armazéns podres, fétidos, cheio de chagas. Como porto que descarrega pessoas que chegam com pouca roupa e tomadas de maculo. Só eu e meus guias sabemos o que passei até chegar nesta cidade. Dias incontáveis que não sei medir. Cheiravam à morte, sufocavam minhas narinas e socavam minha cabeça. Trapos, meninas e meninos de rostos sombrios que pareciam adultos sem fé nenhuma na vida. Homens e mulheres desencarnados; só os corpos estavam ali. Nós fomos riscados do mapa da humanidade, éramos invisíveis, valíamos menos que porcos. Os que morriam no trajeto eram jogados ao mar e, se morressem já em terra firme, lançados numa vala comum, um após outro.

— Negrinha, carregue estas pedras com cuidado, elas valem muito mais que sua vida!

— Sim, meu senhor! Não deixo cair, não!

De tempo em tempo, quando minhas aflições estão muito angustiantes, suplico para ouvir a voz de minha mãe e a ouço gemer assim:

— O preto em São Sebastião já nasce com má sorte. Ele dorme, come e trabalha com ela. Mas todos aqueles que desejam que este povo desapareça serão frustrados. A resistência é até o fim!

No final de uma manhã, sob os afagos do mormaço, quando eu e o artista de paisagem acabávamos de serpentear a estrada de volta da mata, ouvimos gritos estrondosos que ouriçavam e cortavam nosso espírito. Era Tibúrcio que estava sendo levado para ser atirado num caldeirão de água fervente. O senhor George fez questão que todos os escravizados e também seus hóspedes assistissem àquela humilhação. Aos primeiros queria impor medo, e para os segundos era regalo, um regozijo como o que se tem num espetáculo.

Tibúrcio estava sendo acusado de rebeldia ao defender sua mulher das garras sexuais do filho mais velho do senhor George.

A cada passo que o homem dava, ia amaldiçoando cada geração de branco da família do sinhô e dos seus convidados. Ia falando na língua dele que também era a minha, por isso eu conseguia entender. Era um canto de ira e revolta. Ao ser jogado no caldeirão, sua alma endurecida e enfurecida já não estava mais lá.

Descobri naquele dia que o estrangeiro era alemão. O sinhô, aos risos, perguntou:

— Está do seu agrado, meu nobre teutão?

Como quem quisesse fugir de um drama instalado, o pintor se retirou sem dizer uma só palavra e muito preocupado com os murmúrios proferidos por Tibúrcio. Tratou de me espreitar para saber se aquilo era uma praga, um feitiço, e se eu tinha como anular. Acalmei o estrangeiro e afirmei que era um último pedido aos deuses para que lhe dessem descanso.

Depois desse episódio, o filho mais velho do meu senhor acabou morrendo de uma doença que deu lá nele, nas suas partes.

Pelo desespero dessa passagem, até achei que o venerável artista se encarregaria de observar o que acontecia à sua volta. Passaria a tomar gosto pela realidade e desenharia outras gravuras com tonalidades da brutalidade que nos cercava.

Ingenuidade minha, em matutar uma coisa dessa! Parece-me que havia um plano, uma encomenda de vender a cidade de São Sebastião como um lugar bom para ir e vir, comprar e vender, de beleza extrema e excêntrica, onde todos respiravam ares de conciliação.

O Rio de Janeiro fremia maleficamente contra nós. Era um poço de hostilidade, a lei era dos brancos que nos odiavam. Como um deles ia deixar de ser cúmplice? Como ia retratar o martírio dos pretos? Nem gente nós somos! Eles podem até fingir que têm estima por nós, não se pode abrir exceções e acreditar nisso!

— Eu sou livre dentro das máscaras que uso!

Repito isso como um ritual!

Uso meus artifícios pintados de todas as cores! Se me xingam, se me pisoteiam, eu digo:

— Sim, sinhá! Sim, sinhô!

O acúmulo da raiva é meu mar revolto, o vento que sopra por cima da copa das palmeiras e corre livre. Hei de correr assim também!

O "tarzinho" estava a receber muitas encomendas, afinal era amigo do barão e vindo de fora para levar as fábulas do lado de cá para além do oceano.

Com meus olhos zombeteiros e meus risos de desdém, eu calculava:

— Nada vale mais que uma imagem, às vezes, mentirosa, traidora, mas permanece como unguento ou a própria ferida.

Outro acontecimento perturbador foi com negro Antônio. Ele tramou uma fuga, conseguiu ir até um pouco longe, mas os capatazes, com aqueles cachorros raivosos, o pegaram.

— Seu negro! Acha que pode fugir assim? Sou seu dono!

O nego Antônio se debate, mesmo com as mãos amarradas e hematomas, avança no nhô George, dando-lhe um golpe de capoeira que lhe arrebenta a boca e os dentes.

Aos berros e cuspindo sangue, o sinhô brada:

— Não vai baixar essa crista? Seu preto sujo! Acha que é o galo do terreiro? Pois bem, abaixem as calças desse crioulo que vou dar uma lição nele!

Bateram muito até deixarem o corpo de Antônio nu. Todo ensanguentado e com cortes da chibata, quase inconsciente, foi penetrado por trás por meu patrão que grunhia e vociferava:

— Seu preto, agora é uma das minhas negrinhas, maricas!

O escravizado não conseguia mexer-se nem gritar por conta do peso do ferro, agora, envolto ao seu pescoço. Só um ser desabitado: foi no que Antônio se transfigurou.

— Tome, isso é para amansar e acabar com sua braveza!

Estão vendo, só?! A quantas cruezas, monstruosidades estamos expostos?! E esse viajante idealizando nossas feições! Quando não fazem isso, põem-se a pintar pretos chicoteando pretos, apanhando calados dos brancos. Nós reagimos! Somos bravos como preto Antônio, enfrentamos nossos inimigos.

Eu penso que esses retratos que o estrangeiro pinta não vão adiante. Daqui a pouco vão esquecer. Eles não falam sobre as verdades deste lugar, antes se debelam em rostos de paz que podem até existir em outros mundos. As paisagens verdes por aqui estão salpicadas de manchas escarlates e vômitos ácidos de gosma púrpura. Esses quadros vão se afogar na correnteza de seu ludíbrio. O povo é muito firme em dizer que a verdade sempre aparece. E eu acredito!

## **KANDUMA BILAMA**

Igualzinho a aves de rapina, os inquisidores tomaram assento e afundaram-se em suas amofinações. Estávamos do lado de fora da ermida dedicada à Nossa Senhora do Carmo. Ela ficava aportada e disposta em direção a Portugal, como eles gostavam de defender. Os três confabulavam entre si sobre a denúncia feita contra mim por um cristão rejeitado. Esticavam as sobrancelhas, os braços ossudos giravam no ar com dedos em riste, seus lumes cortavam meu corpo com a espada da inveja e a faca da amargura que viam na liberdade de uma escravizada. Cambada de entulhos assustadores!

— Então, negro, convoquei seu dono para que o trouxesse até aqui. Pretendemos resolver essa questão. Desde ontem estamos entregues às rezas do Senhor.

Os outros comissários concordaram:

— Sim, a tarefa da qual estamos incumbidos exige a assistência divina. O negrume da sua alma indecente e sem pudores exige muito jejum e oração. Essa bruxaria terá fim hoje.

O que iniciou a fala prosseguiu:

— A acusação que pesa sobre vosmecê, negro, é que anda trajado de mulher, sendo homem, e que pratica sodomia. Um crime de lesa-majestade cujo destino é a morte!

Dor, muita dor, desejo de matar, mas não de morrer! Pensei em resistir como pássaro desarvorado que trovoa ao sair da gaiola. Tive medo de ser alvejada.

— Se é inocente, não tem nada a temer.

Arrumei minhas palavras e me vesti delas:

— Como podem ver, estou vestido com roupas de homem, alego inocência!

Querem saber como me ancorei por aqui?

Entre meu povo, eu ocupava uma posição elevada, era tida como divindade. Quem guardava a manifestação do feminino era sagrada e cultuada por todos. Eu era uma guardiã.

O mar de conformidades não existia, havia um rio de disputa entre nossas etnias. Não havia ausência de opostos e sim, um equilíbrio de forças. O declínio do nosso universo deu-se ao passo que os derrotados passaram a ser castigados e enviados aos brancos. Muitos ficavam por lá, na sociedade em que nós conhecíamos, incluídos, mas podiam ser vendidos a qualquer momento. Numa dessas guerras perdidas, fui capturada e trazida para o Rio de Janeiro.

Uma viagem feita nos calafrios e suor gelado do tifo, da malária e toda sorte de doenças; no balanço do mar azul morto que serviu de cemitério para meu povo. Do lado de cá do oceano, deixamos de ser gente. Ficamos apartados do nosso espírito.

O senhor que me comprou não era nenhum nobre. Era um viúvo mercador de escravizados. Causava espanto o fato de todos da casa sentarem-se em cadeiras. Tal acontecimento só nas famílias mais finas. Morava defronte do Arsenal. Uma casa térrea, com chão de tábuas desiguais, sofá no meio, uma mesa com um grande castiçal de prata. O quarto do senhor com uma cama enorme, em volta balaios e baús para guardar roupas. Havia separação dos aposentos masculinos e femininos. Os quartos das filhas do patriarca não recebiam ventilação ou iluminação porque não tinham janelas. Assim se evitava qualquer olhar ou comunicação com as sianinhas. A acomodação destinada a receber visitas ficava voltada para fora, não conversava com a parte interna da casa. A fachada, com portas abertas para rua, servia também de comércio. Vendiam-se óleo para iluminação, farinha de mandioca, jeribita, peixe salgado e outras coisas mais. Nosso alojamento ficava embaixo da casa. A gente não conseguia ficar em pé direito, só curvada. Para dormir, espalhava palha e jogava-se no chão.

Não recebi a água do batismo, não sabiam como me definir, mas atendia por Doroteia dos Santos. Nessas terras, há uma obsessão pela definição dos outros ou se é uma coisa ou outra. Uma preocupação exacerbada com quem se deita, o que se passa na alcova entre dois viventes.

A sociedade do lado de cá sustentava-se esmagada por uma religião que vivia sob a envergadura do maligno e de suas expressões. A colheita não foi bem? Obra de satanás. As mulheres parem anjos? O diabo é o causador! E minha cor estava associada a esse adversário tão temido. Tinha-se convicção de que éramos emissários do maligno. Não entendiam nossas crenças, nossa cultura, nossa língua, nosso espírito. A não compreensão tinha uma força como se tem no campo de batalhas. Não importava se eu não conhecia a figura do demônio nem nunca tinha ouvido falar. Podia me exaurir de tanto gritar, minha palavra não valia nada! Estava decidido: o rabudo havia encarnado em meu povo.

Os negócios do senhor pareciam ir bem, vez em quando eu o ajudava no armazém, eu lia os números e aprendi a contar. Por causa dessa presteza, os olhos da ganância cresceram, e o senhor me alugava para prestar serviços domésticos ou ajudar nas vendinhas da região. Todas as vezes que fui alugada por esse homem, esse senhor muito religioso que vivia no confessionário com o padre como certificado de retidão e rigidez moral, deitava-se comigo! Antes mesmo de me apalpar, já se pingava todo, quase chegava ao auge, se referia a mim como puro azeviche. Meu corpo rijo e brilhante encantava-o e o entorpecia. Gostava de botar meu corpo para passear e sabia que eu refrescava os sonhos de muitos. Vagueava nas cabeçorras, cabecinhas e nas glandes também. Era uma kanduma bilama, uma moça exuberante na língua dos brancos. Meu prazer fazia eu me sentir mais humana e sagrada.

Observei a expressão do rosto do homem, ao dizer que não poderia mais fazer aquilo. Notei que se sentiu humilhado e esbofeteado. Uma escravizada interrompendo as vias de gozo de um branco. Eu me derramei e falei sobre meu apaixonamento por um moço bem mais jovem a quem me afeiçoei. O refúgio à rejeição foi me perturbar a vida! Ele me forçava e, quando eu alegava que corria risco de sermos descobertos, declarava que a ele não aconteceria nada.

Rodeada pelos vincos da minha saia e acariciando pensamentos de um dia quente como a boca de um deserto, alisava as ruas, e o frescor duma brisa descansou sobre meu pescoço. Deixei meus sentidos recrear e vi-me diante do moço, do sinhozin. Parecia alguém importante, de boa estirpe. Apesar da imponência, tinha o perfume da melancolia e aurora da fragilidade. Eu não sei o que me acometeu. Estabaquei-me. Não fui ao chão. O amor me pegou.

Cada dia que avançava, a ânsia de ver aquele homem de novo abarracava-se em mim. Aceitava qualquer serviço pra ir à rua, entregar cesto carregado de fruta, um estrado com verduras ou peixe. Ele passou a ser obsessão! Fantasiava com ele. O primeiro pensamento do meu dia era o que ele estaria fazendo a essa hora. As ideias fixas nele abrasavam-me, e da minha opulência saía uma onda perfumosa que cintilava minhas coxas.

— É ele! É ele!

Passou por mim rápido, ligeiro!

Gritei, dengosa e faceira:

— Ku aro, sinhozin! Ei, nhonhô!

Ele não ouvia. Apertei o passo e o alcancei. O tabuleiro escapuliu, escorreu de mim.

— Si alafia ni? O sinhozin não quer uma fruta?

Ele sorriu, dizia tudo e não falava nada com aquela boca rosada feito jambo vermelho. Curvou-se para me auxiliar a recolher as frutas e rasgar-se sob meus olhares ávidos e perguntadores.

— Estou apressado, nunca vi uma fruta tão diferente, mas não posso comprar.

— Elas não estão à venda, sinhozin! Só quero oferecer uma como presente, pra vosmecê provar! (com um sorriso provocante borrifado em cheiro de jambu)

Pelo distanciamento e pela hierarquia social, o sinhozin não poderia aceitar um presente de uma preta, mas um sentimento o constrangeu. O balaio dançava na pulsação dos meus quadris, e o sinhozin escoltava os movimentos. Embevecido com o bailado, aceitou o regalo. Descobri que seu nome era Pedro, e a prosa se encompridou pelos cantos de penumbra das vielas e ruas até se deitar numa cama úmida de prazeres.

Nossos encontros aconteciam nas imediações do Rocio do Carmo. Eu ia seguindo ele, até chegar nalguma viela que desembocasse na rua direita onde ficava o sobrado de intimidades e êxtase. Sou de natureza intensa e profunda, tenho em mim emoções para grandes afetos e talvez, por isso ia nos modos lambentes. Ele me passava a língua desde o alto até embaixo, e eu me vingava, lambia ele desde baixo até em cima. Vigorosamente, botava e tirava, ele ia me cavalgando, me masturbando, e eu me oferecendo toda. Minhas nádegas duras e redondas contraíam-se, eu abocanhava os lençóis, retesando ia clamando por mais e que ele metesse tudo. Foi sendo pintada uma relação tingida por afeto e apetência. As diferenças atiçavam euforia e frenesi, e as aproximações, a vontade de zelo e devoção.

O cristão velho que me coagia descobriu quem era Pedro e teve muita raiva da juventude que ele não tinha mais. Enfurecia-se pelo meu descaso e nítido desinteresse em manter relações com ele. Eu me comportava como uma pedra do morro do Castelo, fria e imóvel.

Eu intuía que algo de muito ruim estava por despencar sobre meu ori. Eu me banhei com sal e manjericão para afastar toda negatividade abancada sobre minha cabeça. Joguei a água do banho na encruzilhada, como haviam me recomendado.

Perigos, temores me rondavam, eu não sabia dar nome a eles. Houve uma ventania agre e terrível numa noite com morrinha de provação. Os galhos das árvores chacoalhavam, a bananeira se prostrou como se curvando ao futuro cruel. Infelizmente, eu decifrei o que estava por vir e escutei o que vinha de longe.

— Seu negro! Usou de sortilégios para me seduzir, me pôs neste estado de paixão humilhante. Tens a habilidade dos enganos, é só olhar para ti! Finge-te de mulher. Quero declarar que não venceu! O amanhã é meu e vou me vingar de vosmecê, negro!

Em meu desespero e na minha raiva impotente, conversei com Pedro que nada podia fazer a não ser temer. Na minha tolice, ainda, achei que ele reivindicaria olho por olho e desse fim naquele velho repugnante. Mas um silêncio brusco se fez entre nós. Ele me avisou de sua partida para Portugal, que estava próxima, me jurou amor e que voltaria para me ver. Tive vergonha de mim, remorso, talvez. Devotar amor no seio de uma gente que só me fez mal! Permanecer debaixo de um pulso de servidão, dessa vez por vontade! O amor teria que me coroar, como a rainha que sempre fui.

Lutei contra mim mesma e no fim me dei por vencida. Minhas ideias borbulhavam no que sinhozin Pedro acharia de minha nova aparência, tendo que andar feito ele e minha cabeça rapada. O dia parecia falecer em lento num tom de laranja crepúsculo. E a crença de que ele volte e me ame mais uma vez era como uma estrela que brilhava trêmula e radiante, num céu que agarra a tarde pelos cabelos. O medo é esmagador, câimbras se aceleram nas minhas tripas e se afundam nas minhas contrações de raiva.

A atmosfera assume um odor impertinente, os familiares do Santo Ofício com suas caras estúpidas mexem-se como minhocas. Seus olhos me olham com superioridades. Caço no povo da rua presenças conhecidas, para adoçar minha alma.

— Senhora das cachoeiras, irradie vossa luz sobre minha vida para que eu tenha sempre paz!

## METAMORFOSE DESTES TEMPOS

Sob a luz de uma lua desmaiada, seus pensamentos voavam. Nem se deu conta que a cabeça pesava e estava despido. A língua reluzente, as papilas gustativas ousavam distinguir doce, amargo e salgado. O olfato bem mais apurado! A visão mais ágil, enxergando todas as cores. O zum, zum, zum das ideias embolavam seus apoios, foi aos poucos firmando os pés no chão. A vida de inseto havia findado. Vestiu-se das armaduras humanas.

Nesse cara, faltava um apanhado de muitas coisas, suas marcas fundantes perseguiam os desejos inconscientes de estouro sanguinário e de purificação.

Azeitou, tudo nos conformes! A realidade era forjada nas plumagens da Ilha da Gigoia. Nesse habitat reinava a paixão universal: escapulir do tédio acompanhado de um hedonismo barato. Existia ali, naqueles ares, uma espécie humana que cultuava marcas e objetos de luxo. Uma certidão de nascimento marcada pelo desprezo à arte, à cultura. Era assim nesta região deste Rio de muitos janeiros.

— Sinceramente, eu acho que tinha que cobrar pedágio para esse povo que vem do subúrbio frequentar nossa praia. Ninguém é obrigado a viver com tanta falta de educação. Eles trazem farofa, sanduíches, sujam tudo! Falam alto!

— Não é? O mundo está tão esquisito que até Nova York perdeu a graça! Eu posso encontrar meu porteiro lá. Qual é a graça de frequentar um lugar onde qualquer um pode ir?

— Temos que reagir! Está tudo perdendo o glamour. Não pago tão caro para convivências tão medíocres.

— Já temos nossa cota de sacrifício. Fazemos doações à caridade. Jesus deve estar muito feliz comigo. Este mês ajudei mais de uma família!

Esse tipo de *humanus insetus* proliferava. Uma pulseira *vip* valia mais que caráter para esse pessoal. Adoravam tirar *selfie* com a polícia, vestidos de verde e amarelo. Mas os policiais eram só uma peça de manutenção do poder para não solapar as vantagens e os privilégios desta miríade.

— Senhora, estou fazendo meu trabalho. A averiguação da polícia é prerrogativa do serviço que presto.

Ao celular, a senhora protesta e parece falar com uma autoridade:

— Não! Não! Wilson, tem dois PMs me desacatando na porta da minha casa. Vem pra cá, traz o secretário de segurança pública!

— Desacatando a senhora?

— Sim, eu sou arquiteta e tenho convênio com uma porção de obras do Estado, a UPP é uma!

O tiriço, olhos infiltrados por sangue, era originário dessa fauna que, investida da harmonização das faces, liquidifica as diferenças na moralidade e uniformiza experiências. Umas gentes que desfilam e atravessam a cadência com uma fé infiel e alimentos mórbidos.

Uma líder comunitária, engendrada na pluralidade, incomodava muito. Ela era uma ameaça à própria imagem do homem-inseto. Ele não poderia ratificar suas aspirações com a existência de gente diferente ao padrão. O perigo tinha que ser extirpado.

A mulher era o vão e desvão da alteridade, radicalizava o jogo, subvertia a voz e inventava novos jeitos de sobrevivência. Estava a invocar mudanças nos modos de pensar a cidade. E envolvida com novas formas de amar, onde não se podia permitir que uma irmã ou irmão não tivesse uma rede, um abrigo para dormir. Uma nova posição perante a vida: deixar melhor aquilo que recebemos.

As inseguranças iniciaram um tumulto dentro da nova caixa torácica do homem-inseto. Uma zoeira frenética comandava seus batimentos. Sentia que era compelido a pensar. E como faria? Ele só sabia flanar e vagar pelos paus ocos. Teria que agora se dedicar a entender as coisas? Com a boca dura e soldada por expressões purulentas que teimavam em ficar presas aos dentes amarelados pelas doenças e verminoses, escarrava:

— O que é isso aí?! Tem que mudar isso daí!

Era o que vertia das aventuras do seu cérebro na tentativa de se comunicar.

— O que é isso daí?! São redes que tecem arranjos complexos na contemporaneidade. Alguém se empenhava em explicar.

Desolado, azurrava:

— Ai que saudade da vida de inseto!

Essa constante ameaça provocava um mal-estar. Rebentou um senso exagerado de auto importância para camuflar as imperfeições. Na vida pregressa, o hálito pestilento era seu chegado, talvez por isso ainda caçava esses odores.

Na tentativa de ficar confortável, decretou que a dor e a morte seriam uma costura bem apertada para bordar desesperança. Soltar seus flagelos cativos sobre os outros e vomitar esterco eram seu esporte favorito. Não sabia inventar sonhos bonitos para si. Alma enferrujada, nele reinava emoções ralas, triviais e envoltas em bocejos de nostalgia.

— Esse pessoal gosta de safar. São comunistas! Agora vê, dando pitaco no tocante ao transporte público. Gosta de vagabundagem, essa daí deve ser marmita de algum vagabundo. Bandidos! São Bandidos! Bandido bom é bandido morto!

Após esbravejar, cruzou as pernas e foi se recostando, levando a cabeça até a parede nua, com o cuidado peculiar para que as ideias não escapulissem e o deixassem. O sol começava a se pôr com seu brilho avermelhado. Pelas frestas da sua pouca imaginação, decidiu calcular o que faria mais adiante.

Mirtes, a líder comunitária, passou a sentir o impacto da enormidade do que ela havia feito naquele verão: reconstruiu um olhar sobre si e a coletividade. Uma imersão nas águas que fertilizam o mundo. Uma tentativa de trazer humanidade àqueles tratados como inferiores. Trazer dignidade às pessoas nas suas andanças, via transporte, para acessar a cidade.

Eram duas da madruga quando os caminhos do inseto personificado em humano e a mulher que borbulhava revolução cruzaram-se. O calor dava mordidas, e a chuva gritou, encharcando o chão, as árvores e os telhados. A natureza é capaz de mudar a língua de acordo com a natureza das pessoas. Mirtes era desafiadora e livre, o saudar de sapos e rãs, a conversa dos pássaros não lhe angustiava. Pelo contrário, apaziguavam seu espírito. Acreditava que era parte deste universo, e não um ser superior.

Já ao homem feroz, a natureza se faz assim: feroz! Ao topar com a líder, o homem golpeia:

— Estou no cumprimento de uma missão. Você saiu do inferno com todo este lixo de falta de decência!

— Que missão é essa? Matar pessoas? Impedir que elas sejam elas mesmas? Massacrar mulheres? Açoitar pretas e pretos? Vocês saqueiam, enganam, matam e se escondem atrás do manto do deus de vocês!

As palavras iam saindo, sem que ela tivesse tempo de segurá-las e engoli-las. Ela teve a certeza de que não escaparia desta emboscada com vida.

— Por que você não treme?

— A vida, assim, sem liberdade e direitos, é tão apavorante quanto a morte.

— Você é bem cheia da razão. Quero ver quando seu corpo estiver todo cravado de bala.

— Não se pode fazer sumir o grito de uma rebelde. Sua voz sobrevive a tempos imemoráveis!

— Este mundo não é de vocês! Vamos incendiá-lo, e é bom que que você esteja abrigada das chamas.

— Sempre seremos culpados aos olhos de vocês, sem termos culpa alguma. Não aceitamos mais o sofrer. Novos tempos chegaram!

Mirtes tentou respirar, não conseguiu. Tentou piscar, não conseguiu. O momento era irreal. O mundo parecia parado. O mundo estava sem movimentação. Com a cabeça erguida e girando em lento, ela recebeu a investida de aniquilação sobre seu modo de existência. As batalhas travadas com o homem que foi inseto foram eternizadas e entalhadas na memória ancestral, egum! Nada escapa, tudo se grava no espírito. Não importava quão longe seu corpo estivesse da terra natal. De saudade em saudade, de abismo em abismo, continuava vivendo. Viver era uma ofensa, um insulto para essa turba apodrecida!

# ARBÍTRIO

Parece que me tornei alguém com coração empedrado ou um rio transbordante que invade margens e não sabe para onde ir ou voltar. Um Rio de Janeiro errante, prisioneiro duma indignação e da comoção das mortes que duram uma semana até a próxima morte.

Vivo em cantos da cidade aterrorizada, aquele que tem que morrer para que outra parte possa viver a salvo, com possibilidades e seus jovens místicos.

A solidão e o silêncio me aprazem. A única coisa que me move é a excitação, não busco romance. Necessito de algo sem expectativas, sem futuro, presente ou passado. Isso já é o suficiente, até porque me fazer dobrar a cintura com minhas costas duras, não é fácil. Sou uma mulher forte, de caráter! Mas posso ser um pêssego bem doce jorrando calda, se me conduzem bem. Outra coisa importante sobre mim é que não preciso de álcool ou substâncias alucinógenas para me soltar. Passo de uma mulher virtuosa para uma desvairada e louca, assim mesmo à capela.

Vou lhes contar um segredo: não gosto de homem que cheira a perfume. Prefiro sentir o aroma do corpo nu e cru. Os cheiros das virilhas muito me excitam. Eu era como dizem por aí, bicho solto. Ganhei vários apelidos: Zezita, boca louca, Zezita mil volts, Gripe, aquela que todo mundo já pegou. Eu achava até graça, não ligava. Queria me divertir com quem me desse na telha, se assim fosse da minha vontade.

— Você é Maria José, né? Zezita!

— Sim, sou eu, sim!

— Somos amigos do seu pai. Ele mandou a gente se encontrar com ele aqui na sua casa. Podemos entrar?

— Não sei, não. Melhor, não!

— Deixa de coisa, garota! Sabemos muito bem que você não é nenhuma santa. Ninguém vai estranhar a gente na tua casa. Além do mais, somos parceiros do teu pai. Tu não vê a gente nos botecos com ele por aí?!

— Vejo, sim! Mesmo assim... — Estava receosa.

Então, empurraram a porta. Os caras entraram. Um era alto, tinha uma marca de cicatriz no pescoço, o outro magricela mais baixo, faltava-lhe um pedaço da orelha. As pernas bimbalhavam aflitas percorrendo os cantos da casa, os olhos vermelhos acesos espoucavam apertos e perturbações. Invadiram.

O mais baixo trancou o portão, o mais alto tirou uma arma. Não deu tempo de mais nada. Amarraram minhas pernas abertas e quase me quebraram o braço esquerdo de tanto que torceram.

— Cala a boca, sua puta! Você não é a vagabundinha da rua? Dá pra qualquer um. Vai dar pra gente também!

Eu iniciei uma gritaria, mas fui interrompida por um vômito, ao vê-los arriar as calças. O vômito entupiu minha boca e minhas narinas. Não conseguia respirar.

— Isso, grita, sua preta safada. Eu fico mais doido ainda!

Um deles, não sei qual, montou em mim e botou a seco. Eu ganicei de dor. O outro deformou meu rosto, com vários socos, me obrigando a silenciar. Meus olhos se fecharam. Com minhas náuseas, senti algo espesso e muito nojento no cabelo. Com o queixo duro, machuquei um. Ele pegou o cano da arma e começou a enfiar no meu sexo. Eu gritei de novo.

— Para de gritar! Vou te enterrar a faca.

O da cicatriz meteu a mão inteira dentro de mim com punho fechado e batia forte na minha vagina, com muito ódio. Eles se divertiam com meu contorcer e com o sangue que vertia. Meu coração paralisava e insistia em bater depois. Passaram a morder meu peito com força.

— Mata ela, mata ela! Não vale nada!

Iniciaram a cortar minha barriga com uma tesoura. Abriam--se feridas dolorosas. Meu corpo se contraía e dava espasmos.

— Olha como ela gosta! Está toda se tremendo!

O sangue flutuava em poças pelo chão. Implorava para que minha vida tivesse fim naquele instante.

— Mata ela, mata ela! Não vale nada!

Passado pouco mais de dois meses no silêncio e nos afogadilhos de fúrias entorpecidas, tropecei em Rangel. O homem era calado e tinha uma polidez gélida. Mas eu sabia desnorteá-lo. Tirava a roupa pouco a pouco, devagar, dando voltas pelo quarto. Gastava apenas cinco minutos para satisfazê-lo, pressionava a pelve e as paredes da vagina. Ele não resistia, e logo o orgasmo se esparramava e acabava com aquela minha tortura. A minha gravidez já era aparente, cinco meses do adeus ao prazer e chegada das agonias. Meu pai disposto a qualquer coisa para se livrar de mim e do embaraço. Vivia reclamando que não teria como alimentar outra boca. Num desejo de cajá verde com sal, sonhei enviar a criança para terra dos anjos, mas Rangel me assumiu, e a minha barriga também. Ficamos os três morando no barraco. Minha filha nasceu. Quando a menina tinha de seis para sete anos, Rangel pegou a mania de deixá-la na cama enquanto a gente transava, alisava a garota dormindo. Dizia que fazia bem pra ela. Meu coração gelado não se movimentava. Nada doía mais em mim, o terror havia me anestesiado. Eu não ligava mais pra muita coisa.

Eu passei a delirar nas febres de uma paz simulada. Quanto mais chamava pela calmaria, mais ela se afastava de mim. Rangel incorporava a violência quando bebia, me batia e me obrigava a fumar com ele. A criança que eu pari agora era uma moça problemática. Acabei sendo avó bem cedo. A menina era cabeça de vento, não aguentava pancada da vida como eu. Estava apinhada de insônias, visões demoníacas, medo de um dia aqueles homens retornarem e revelarem o que fizeram comigo.

Eu tive vontade de denunciar, mas quem acreditaria numa mulher que tinha aquele jeito? Talvez dissessem que eu só estava arrependida da orgia.

Lancei-me numa visão idílica de aventura. Expurgar a presença daquele homem, que passou a me chatear muito, era o certo a se fazer. Eu notava o ódio que minha filha nutria por ele e punha óleo fervente para fritar aquela cupidez árida dentro dela, até que tivesse coragem de deixar explodir uma onda violenta. Eu não precisaria mover uma palha. O tempo avançou, e nada da garota ser valente. Atirei-me à felicidade, eu mesma me encarreguei do serviço. Temperava o prato de comida de Rangel com chumbinho. Passava muito mal, jogava o alimento para as galinhas do quintal. As bichas morriam, o homem não. Ele insistia em comer em casa, a dosagem do tempero foi aumentando.

Numa manhã de nuvens mormacentas, após o almoço regado a chumbinho, percebi que ele caiu inconsciente na cama.

— Nada, sem pulso!

Tentei sentir algum sopro de vida pela munheca, no pescoço.

— Nada, nadinha! Minha mãe do céu, enfim está morto!

Minha filha adentrou o ambiente, parecia decidida a fazer uma loucura, portava a tesoura fio de navalha. Até que enfim! Essa menina sempre foi muito frágil, cheia de não-me-toques. Eu me escondo dentro do armário e a vejo a atacar aquele corpo já moribundo e sair desesperada em seguida. Nunca mais a vi depois daquele dia. A boba surtou, até das filhas esqueceu. Não foi capaz de sustentar um sofrimentozinho sequer! Não fiz questão de explicar ou elucidar os fatos. A garota me trazia problemas demais, já carregava duas filhas dela nas costas. Eu sofri muito, ela também tinha que sorver um pouco da minha dor. À polícia disse que estranhos entraram na casa para roubar algo, porque Rangel era maconheiro e estava com dívidas na boca. Ficou por isso mesmo, disseram que foi acerto de contas. A essa altura, já havia aceitado Cristo como único e suficiente salvador. Supliquei humanidade! Em vão! Nas mães estão encerradas todas as culpas. As mazelas deixam a alma banguela e apalermam a boca. Eu vivo com medo todos os dias. O vulcão da recordação ainda emite lavas ácidas que me queimam por dentro. Teve uma vez que uma mulher cochichou no meu ouvido: "Você não fale nada mesmo, não! Não conte a ninguém o que lhe aconteceu. Eles podem voltar e cortar sua língua". Quando me virei para olhar, ela já havia dobrado a esquina.

# INCURSÕES SOBRE A DERME

*Se descobrirmos que nossa vida se tornou muito estressante, alienante, simplesmente desconfortável ou sem motivação, então temos o direito de mudar de rumo e buscar refazê-la segundo outra imagem e através da construção de um tipo de cidade qualitativamente diferente. A questão do tipo de cidade que desejamos é inseparável da questão do tipo de pessoa que desejamos nos tornar. A liberdade de fazer e refazer a nós mesmos e as nossas cidades dessa maneira é, sustento, um dos mais preciosos de todos os direitos humanos*

(David Harvey)

## 4RE4 DO 41

Os homens com suas fardas camufladas cerrando os caminhos por onde tentávamos fugir, tratores espalhando flagelos de destruição. Esforçávamos para escapar por outros rumos, gritaria. Tudo em vão! Não podíamos voltar para casa. O que se seguiu foi nosso encaminhamento para 4RE4 do 41.

Chegamos lá devastados, sermos expulsos assim do lugar onde construímos laços, casas, memórias para sermos jogados numa região onde não havia nem um barraco sequer para repouso. Simplesmente, disseram:

— É aqui o destino de vocês!

A vida fina-fina, fomos deixados para morrer. Tempos depois, reinventamos o mundo. Limpamos o terreno e começamos o roçado. O frescor brotava da terra! Plantamos árvores que não demorariam muito para serem as únicas na cidade.

Como não podíamos circular, comprar, vender, trabalhar sem sair daqui e levar nossos corpos pretos a outros cantos, a troca foi o tipo de comércio adotado.

Erguemos nossas novas moradias com a força de nossos braços, pernas e útero. As mãos sangravam, mas não esmoreciam. Junto às nossas estavam as mãos dos antepassados que nos ajudam a forjar alimento e abrigo. Mãos que curam mesmo dilaceradas.

A partir das experiências antigas, fincamos nosso chão. Muxarabis podiam ocupar o lugar das paredes internas das casas, deixando entrar muita luz e vento. Aos poucos, a paisagem da 4RE4 do 41 foi se modificando. Uma vegetação densa e verde foi reluzindo, e um manancial foi brotando da terra. Batizamos a fonte de água cristalina de Nun.

Nun ficava bem escondido para que as tropas do governo não soubessem da sua existência. E para tocar e usufruir do rio caudaloso, precisava ser um de nós, gente que entende que a natureza é força complementar à nossa.

Milícias armadas e grupos religiosos fundiram-se. E o Rio de Janeiro vivia debaixo dessa tutela. O único elemento estatal que alcançava nosso distrito era a violência. Pairava o medo de que a gente devolvesse toda cólera que os Mzungus derramavam sobre nós. Tinham que nos vigiar e infligir terror.

O suor se atirava em meu pescoço e assaltava minhas costas. Estava no horário da chuva elétrica, pedaladas na bicicleta que garantiriam energia em minha casa. Os vizinhos agiam nesses mesmos moldes pelo menos quatro vezes ao dia. Obtemos luz também movimentando nossos corpos no ritmo das nossas danças; toda carga positiva e negativa é liberada e carrega os geradores.

Eu tive um romance, sabe? Fui apaixonada por um mzungu, antes de vir pra cá. Umas coisas que, quando a gente se recorda, ainda doem. Recebi um recado de que ele tinha minha sorte em suas garras. Levou semanas para eu conseguir autorização para sair e atravessar a metrópole:

— Candace, tudo bem?

— Mais ou menos. O que ocorreu neste lado do Rio de Janeiro? A paisagem está desértica!

— Quanto tempo você não atravessa os muros?

— Ah, perdi a noção. Só vim pegar o que você disse que me pertence.

— Sim! Estou com os objetos que você e seu povo chamam de ouro de Nogbaisi.

— Incrível! É um tesouro que tem um significado artístico e histórico muito grande para nós. Não estou nem acreditando.

— Eu sei, estão aqui! É de vocês, estou lhes devolvendo.

Experimentei ao mesmo tempo satisfação e o peso da punição que nos impuseram. A cabeça de Oba reluzia e dançava majestosamente diante de mim. As expressões dele se estenderam e se tornaram minhas. Seu brilho aguçava minhas lembranças. Trajes de casamento, esculturas. A história e o legado que nos roubaram. Era sinal dos tempos!

— Voltando ao Rio de Janeiro, o que aconteceu pra valer?

— Não há mais animais, não temos como alimentá-los. Os últimos foram vendidos como iguarias a peso de ouro. Também não há mais plantas, árvores. Foram sendo cortadas para dar lugar a condomínios residenciais e empresariais. Além do mais, viviam ocorrendo acidentes, árvores caíam e atrapalhavam as redes de comunicação. Por fim, os rios, lagos, lagoas e baías secaram. As indústrias poluíram tanto que as nascentes e as águas não foram capazes de manterem seu fluxo, viraram lodo.

— Que horror! Realmente, a natureza e seus recursos não são infinitos. Você falou de árvores que interrompiam a energia. Pelo que vejo, nem luz este local tem mais.

— Tem em alguns horários. O ruim mesmo é o momento de dormir. O calor é insuportável!

— Imagino. Essa cor cinza que envolve a cidade e o bafo quente que fica entre os prédios concretados oscilam e flutuam no desespero.

O Rio de Janeiro é um caco sem eletricidade. Toda estrutura hierárquica e o *ranking* entram em colapso. Existe um *ranking* que depende do desempenho nas redes sociais e do relacionamento com pessoas influentes. Por meio do cruzamento desses dados, o indivíduo recebe uma avaliação que lhe rende desde a um bom emprego a um relacionamento amoroso perfeito. Tudo realizado com o apoio de microeletrônicos dependentes de energia.

O homem a quem um dia amei tinha envolvimento com a politicagem que transformou a cidade em tragédia. E, antes de morrer, resolveu aliviar a culpa. Não por hombridade, e, sim, por vingança. Tinha a certeza de que o fortalecimento dos moradores da A.41 era o enfraquecimento do governo mzungu.

As mulheres sabiam da força que corriam no seu ventre. São fontes e gestoras da vida. As definições e os propósitos de ordenação passavam por elas, principalmente, por mim, Candace. Os homens protegiam esse poder vital. Os conselhos regidos por homens, mulheres e cudinas[1] emanavam preceitos para nossa sobrevivência e convivência.

Os Mzungus começaram dirigir um olhar curioso e indignado para nosso agrupamento. A vida estava difícil, muito pavor! Até controle de comida estava acontecendo.

— Bom dia, pessoal do 41! Vocês sabem como chegaram até aqui. Essa história já foi contada mil vezes. Muitos nasceram nesta terra que generosamente o governo deu.

Esse general Ramos não tem vergonha de falar uma mentira dessa, não?! Os moradores conversavam entre si.

O gestor da milícia carioca pausou para recuperar o fôlego e continuou:

— Vocês sabem que a cidade tem atravessado um momento ruim, é uma fase, vai passar. Precisamos nos unir e contamos com a ajuda de vocês!

As botinas que ele usava traziam uma espécie de espora que estalava em sons que intercalavam silêncios incômodos e sua fala mentirosa. Vinha até mim um cheiro de enjoo.

As "visitas" das tropas governamentais precipitaram-se nesse suposto ar de camaradagem, pedidos de auxílio.

— Moradores da 4RE4 do 41, vocês me conhecem bem, sou Candace. E sabem bem da nossa história de luta, sofrimento e liberdade. Abandonaram a gente aqui, à nossa própria sorte. Passamos fome, não havia um casebre para nos abrigar em dias de sol queimando ou de chuva caindo. Quantos dos nossos morreram de exaustão e desgosto? Mas a semente que plantamos vingou. Agora, querem que protejamos os poderosos? Que compartilhemos o que conquistamos, à base de muito choro e

---

[1] Identidade de gênero no Congo que equivale a travestis e mulheres trans. Considerada divindade.

muitas noites, com gente que sempre sentiu a brisa suave das manhãs. Isso não está certo! Não vamos permitir. Eles querem nos roubar Nun!

Nuvens espessas tapam o sol, e a sombra se projeta sobre o bairro do 41, como se fosse um fantasma, uma assombração anunciando que o combate era um átimo prontinho para verter.

Fazíamos reuniões na espreita, longe dos ouvidos indagadores. Estávamos sempre nos reunindo em locais distintos, na casa de um e de outro. Porque era frequente um carro à paisana ou identificado passar e nos meter um interrogatório para descobrir nossos segredos e onde ficava Nun. Quando não, invadiam casas e constrangiam os moradores. Avisávamos uns aos outros cada passo dos covardes para nos proteger.

Aquela máscara de benfeitor que o líder dos Mzungus ostentava não nos seduzia. Dizia que nada mudaria, só queriam aprender com a gente nossas tecnologias para fazer brotar umidade daquilo que é seco e morto. Entender como era possível a cidade inteira estar racionando energia elétrica, e A.41 não. Ficava se mostrando solidário, levando a medicina dos brancos, oferecendo pequenas fortunas, patrimônio nas localidades externas, prometendo uma avaliação com números altos para que fôssemos introduzidos no sistema de ranqueamento deles. Nada nos interessava, eles eram tão pobres que só tinham dinheiro para oferecer. A cada "não" de uma movimentação dessa, o desejo de vingança e a tirania do general iam se revelando.

A tática era nos dividir, então, pegavam um ou outro numa conversa de que alguns de nós ambicionavam e operavam por interesses próprios e estávamos recebendo muito por baixo dos panos de entidades internacionais que queriam dominar aquele território. Acusaram até a mim de traição.

— Irmãs e irmãos, nossos adversários estão a semear a discórdia com ventos da falsidade! Vamos passear com o futuro, mesmo que o dia mau nos alcance. A alegria também é parceira e bate perna com a gente! O espírito dos nossos pais e avós permanece! Lutamos por eles sempre!

Eu tinha meus métodos de fascinação, tinha a capacidade de guiar os enganados pelas veredas rumo ao que é justo. Diz um provérbio: "quem é sábio, é sábio de nascença". Sem modéstia, é o meu caso. Minha mensagem trazia sopros aprazíveis da mudança de nossas atitudes.

Não foi possível mover-nos do nosso ideal, da nossa comunhão. As provações são um ponto de ligadura que vão friccionando e aglutinados multidões. Diante do extremo, solidariedade e companheirismo.

Numa manhã abafada, um temporal escarlate despencou sobre o 41. Lamentações feito lama pegajosa, de aroma pútrido, deslancharam numa torrente que chamava o povo a fugir ou se unir de vez. No céu, o barulho azul explodia pintando com cores do desespero o quadro crônico de uma realidade. Um cenário com nuanças que variavam entre o carmim-calvário e o roxeado-tortura. As mulheres se transformaram em berros pelas ruas, e o brado retumbante eram corpos. Seus filhos, netos, sobrinhos, maridos. Eles têm fome das nossas mortes.

Os dias nasciam com os olhos esbugalhados com a vontade de arrebentar a cara de todos os Mzungus. Tínhamos que ter tutano e não cair nas armadilhas que os ódios suscitam. Por um período, reinou uma calmaria. Cedemos aos oferecimentos dos mandatários da cidade e passamos a ensinar o mínimo que fosse de forma errônea para essa gente. O objetivo era mostrar que estávamos dispostos e eram eles que não aprendiam. Com isso, ganhávamos prazo para executar nosso esquema.

Os ensinamentos aconteciam, na maior parte do tempo, no território do inimigo. Fomos observando que o armazenamento dos armamentos, suprimentos e tudo mais refugiavam-se nas igrejas. E a única forma de conhecer o espaço era se convertendo à religião deles. A barganha estava feita.

Participávamos dos rituais, mas não ingeríamos nada. Estávamos cientes de que, nas pílulas, nas bebidas, havia substratos bem fininhos que turvavam nossa visão. E terminava que víamos o mundo pela lente deles. Nossos ancestrais padeceram, os corações deixaram de receber conhecimentos verdadeiros e se tornaram utilitários. Não íamos nos encerrar nos mesmos erros, tocando o afeto para longe, afastando harmonia e equilíbrio.

Ganhamos a confiança dos representantes do caos. Mas, de verdade, não revelávamos nossas hortas, nossa base alimentar, como obter energia. Vez ou outra, repartíamos o que era nosso com a população que vivia fora dos arredores da 4RE4 do 41.

— Chega aí, negão. Vocês são tão gente boa que até parecem brancos — disse, entre gargalhadas triunfantes.

A gente ria amarelo diante desses enunciados, com desejos ensandecidos de encher de murros a fuça dos sujeitos.

— Sabe que, para ser temido, a crueldade é um instrumento muito eficaz?! O general até tem sido bacana com vocês. Nem matou muito. Só um pouco para fazer a limpeza e poder andar na criolândia.

Este tempo passava se arrastando, o coração trepidava forte na intenção de fazê-los engolir cada ofensa e cada morte.

— Deus nos perdoa porque matamos em nome da moralidade e dos bons costumes. Esse é um sacrifício que chega até o altíssimo como incenso agradável.

Até que:

— Eu disse que não era para confiar nesta negrada!

— Melhor vocês ficarem quietinhos, mãos na cabeça e abaixem aí no chão!

Numa noite dum céu de cheia, combinamos de levar os Mzungus até Nun. A ganância era tanta que eles não calcularam o risco de não conhecerem os caminhos que se moviam até lá. Não faziam ideia de que pegamos todo suporte de armas e técnicas de aniquilamento que jaziam em suas bases de poder.

— Pode deixar, eu vou! Sou chegada do pastor da Igreja central! É mais fácil eu adentrar. Passo um papo nele enquanto vocês fazem o corre de embrulhar e guardar as armas e mais o que acharem.

Caminhei bem devagar para verificar se não havia mesmo energia. O sinistro era a anormalidade na cidade, um dia conhecida como deslumbrante. Senti um frio da noite no mês de abril que acabava por travar meus dedos e dificultava a manipulação do fio de arame que usava para destravar a janela. Já dentro do arsenal, fui repassando todo tipo de poderio bélico para o pessoal que aguardava do lado de fora da igreja.

Entocamos armas, dinheiro em sacos, assumimos a parafernália cientificista para que não houvesse chance de reação. Conhecíamos os pontos fracos dos nossos oponentes que estavam habituados a se apropriar e arruinar construtos que não eram parecidos com os seus. Não ia ter reprise!

— Lentamente, se mexam e levantem a camisa! Qualquer movimento brusco, vão cair fedendo a peixe!

Rendemos todos os soldados da tropa incumbidos de mudar o curso do rio em benefício das áreas nobres do município.

— Tá ok, vocês estão na situação!

— Colabora, então! Onde está o Ramos?

— Isso não podemos falar porque nós mesmos não sabemos!

— Deixa de conversa fiada. Trouxemos vocês até Nun, e o general não está aqui por perto?

Reparamos que um rosto desconhecido, mas semelhante ao nosso, tremulava de aflição e desassossego. Entornei minha visão e registrei a bota que o homem vestia. Minhas vísceras se reviraram, um gosto de repelência e asco. O general estava disfarçado. Tinha a pele pintada e as características do seu corpo modificadas para falsear que pertencia àquele lugar, sem entender que são as vivências e experiências que evidenciam quem nós somos.

— Esperem um pouco, podemos conversar, não precisa disso.

— Não tem ideia, não! Nós não compreendemos, nem nos damos com seus demônios!

Arrancamos a cabeça da cobra coral, o general Ramos estava morto. Seus comparsas abobados, sem ação, se abalaram de volta para os bueiros e buracos de onde nunca deviam ter saído.

Plantamos a cabeça de Oba que é nossa identidade e riqueza. Uma comoção, que aplacou nossas sedes e nossas fomes por justiça, se sucedeu.

A guerra não está nem perto de um fim, muitos de nós vão tombar, na garantia de que não vamos interromper a continuidade do renascimento e restauração da nossa herança.

## PANEGÍRICO A SEU IBERÊ

Tremenda quarta, o almoço comendo na Tia Penha. Se bem que é o correto acho que é a gente comendo o almoço da Tia Penha! Nesse dia, não sei como todo mundo conseguiu uma folguinha e correr pra casa da tia e, ainda de lambuza, tocar uma música. Acho que, pelo certo, é de lambuja, não é? Mas a gente estava chupando os dedos, roendo os ossinhos daquele franguinho com quiabo tão gostoso que só tia Penha sabia fazer.

Logo, eu, Iberê e Mano Hilário pegamos os instrumentos e começamos a afinação. Iberê era o mais atinado, laborioso e talentoso de nós três. Marcava ponto na aeronáutica das oito horas da matina às cinco horas da tarde e, quando o expediente acabava, ficava corneteando a mente com notas que ia tirar no banjo ao longo da madruga adentro. Ele inventou um jeito diferente de tocar banjo, era com afinação de cavaquinho. Além disso, tirava umas letras que vinham da boca, acertavam em cheio nossa consciência e nosso afeto. Era umas notas tão leves, soltas, poéticas daquelas que sobrevivem a qualquer adeus.

Fazia um tempo que estávamos cogitando largar nossos trabalhos formais e cair de cabeça, mas sem machucar, no mundo artístico. As rodas de samba que organizávamos, após o carnaval, de início, corriam só mais um ou dois meses além da festa. Mas de uns tempos pra cá, aconteciam o ano todo. Tinha a rapaziada conhecida e um pessoal de fora que vinha curtir boa música.

O danado do Iberê tocava, compunha e ainda sambava bem, o infeliz. Isso atraía uma quantidade de mulher que causava inveja na malandragem! Ia só no "miudinho, meu bem, miudinho", sem nenhuma inibição balançando os quadris e deixando o ritmo se assenhorar do seu corpo. A poesia herdou do pai, um grande boêmio, compadre e amigo de João da baiana, Donga, Pixinguinha, Bide. A batida musical pode se dizer que vem da mãe. Por frequentar o terreiro onde ela dava obrigação, gostava muito dos atabaques e observava bem a pulsação temperada que brotava das mãos dos ogãs e se espalhava firme na viração do ambiente.

Iberê era muito elegante, tinha um gênio e uma habilidade própria dos mestres e sábios. Suas palavras exalavam uma cadência própria com um cheiro gostoso de dendê e uma pimenta ardida.

As rodas acabaram por se deflagrar num bloco que tomou conta e fez a cabeça da rapeize da zona da Leopoldina carioca. Começamos a desfilar na Avenida Rio Branco. Na época, já existiam outros ranchos e blocos tradicionais e grandes. A organização não se dava como a que vemos hoje na Sapucaí, com hora marcada e o desfile num só sentido. No primeiro ano, nós fomos invadidos pelo bloco do seu Tião. Um bloco lá da região central do Rio, região do Catumbi. Esse bloco imprensou nosso pessoal e praticamente passou por cima da gente, o que deixou o povo mordido e com o sangue fervendo. Foi um lamento e abastecimento de combustível dinamitado para que a gente se tornasse grande também.

No ano seguinte, o episódio se repetiu só que na direção invertida. Avistamos os rivais e não nos assustamos:

— Lá vêm os desmancha-prazeres.

— É, mas desta vez não vão levar a melhor.

A gente já estava junto dos maiorais, tanto como tamanho de bloco como de músicas que estouraram, e todo mundo cantava.

Iberê fez uma música muita da esquisita, mas o pessoal gostou e não parava de cantar:

"C V. A. M Q C FEZ?
AGORA. D. A MÃO
E PROVA Q TEM ♀

T. V. NÃO PODE SER
SINÔNIMO D. SOFRER"

Fomos pra avenida com esses versos, com essas letras, com estes símbolos, ah, sei lá, com isto aí.

Ele dizia:

— Nós somos avant-garde, somos da linha de frente.

Eu não sei onde meu camarada aprendia essas coisas, mas eu achava bonito! E confesso que nutria certa inveja dos seus aprendizados e do gosto pela vida.

Assim que a gente topou com nossos adversários, o céu e as nossas caras fecharam. Os instrumentos anunciavam que uma luta se aproximava. As caixas eram de guerra. O canto dos brincantes transformou-se em alaridos de um shofar[2]. Os luzeiros do povo derramavam-se em visões avermelhadas das paixões capazes das loucuras. O clima destemperou, perdeu o sabor, perdeu o sal.

Aí, meu cumpadi, não teve pra ninguém! Nosso bloco desbancou o bichano e, desta vez, quem ficou pelos cantos, espremidinho, foram eles.

Versam por aí que existem casais que brigam só para fazer as pazes. Foi o caso do nosso bloco com o bloco da Onça. E nesse evento de confronto e reconciliação, meu chapinha acabou esbarrando em Terezinha. Eles já se conheceram assim, na batalha e harmonia. Era prenúncio de um amor feito nas diferenças.

Iberê costumava dizer que foi homem de muitas mulheres, mas uma de cada vez. Porque se apaixonava por todas. E quando se tomava de amores por uma, não conseguia compartilhar suas intenções com mais ninguém.

Com Terezinha, era conflito constante, e isso lhe aguçava os sentimentos. Tinham personalidades distintas. Iberê gostava do batuque, da rua e, ao mesmo tempo, era fiel aos seus amores. Terezinha amava o samba e tinha mania de sedução, amava a

---

[2] Instrumento de sopro que pode ser tocado contra inimigos poderosos.

todos. Eles lutavam no seu consciente contra o fogo que surgiu entre os dois. Inconscientemente, as oposições eram uma espécie de magnetizador, e a luta se convertia em balé sobre a cama.

 Nesse tempo de encantamento com essa moça, meu amigo criou algo que mudou os rumos do samba. Muitas vezes, na casa de sambistas ou pagodes por aí, sem instrumento específico, ele batucava no balde. Numa dessas, alguém, que não me lembro quem, lhe deu um repinique de escola de samba. Aquilo machucava as mãos, então, resolveu baixar o aro. Para o som fluir, retirou a pele debaixo, colocou umas varetas de madeira contra a sobra de som que ocorria. E, assim, estava criado o repique de mão. O amor é catalisador e potencializador das ideias. É o que sempre digo: amando se vê a vida com cores gostosas que aguçam o paladar das existências.

 Por causa de Terezinha, moradora do bairro da Penha e que adorava diversões pueris, ele passou a ir ao Parque Shangai aos domingos. Gostava de ver as risadas, a satisfação, aqueles olhos amendoados carregados de águas de alegria e vivacidade que a mulher trazia consigo. Tinha ciência que ela não era só dele, o que lhe esmagava o ar e lhe cortava o íntimo. E estudava formas de mantê-la com ele sem os demais pares:

 — Terezinha, sabes que tenho muito apreço por ti! Não queres ser só minha? A rainha do meu lar?

 — Olha, Iberê — disse, entre suspiros longos e profundos —, eu também gosto muito de ti, mas gosto da minha liberdade. Gosto de estar contigo, mas também gosto de ir ao samba no Engenho da Rainha. Entende?

 — Não entendo, não! Se eu gosto de você, e você gosta de mim? Por que não nos casamos?

 — Eu caso, sim! Só que dentro daquilo que acredito, podemos fazer uns combinados. Você aceita?

 — E o que seriam estes combinados?

 — Eu não vou deixar de ir aos pagodes porque me casei, por exemplo! Quero poder ir sozinha de vez em quando aos lugares. Não é sempre que acontece, mas se eu me interessar por alguém, não quero me furtar de estar com esse alguém!

— Mas o que que há, mulher? Estás maluca? Andou bebendo? Onde que um homem que propõe casamento vai querer dividir a mulher com outros? A mulher casa pra ser de um só.

— Estás vendo, por que não posso aceitar? Amo a liberdade! Eu não sou uma coisa pra pertencer a alguém!

O sambista, depois desse desalento, fez vários poemas aludindo a falta que a amada fazia e que a danada não tinha coração. A mulherada cercava. Dizem até que um Pai de Santo famoso, lá pras bandas de Caxias, era caído de amores por Iberê. O instrumentista sempre tratou a eminente figura com muito respeito, mesmo que não devolvesse o amor pretendido pelo Babalorixá. Ele foi amado por muitos, por que não dizer por todos? É o que dizem por aí: quem não gostava de Iberê, não gostava de ninguém.

Meu parceiro, amigo de fé, irmão camarada se estabeleceu como imortal. Querem saber por quê? Como? Vamos lá! Num esplendoroso dia de sol, de maçarico ligado, uma lua daquelas, estávamos reunidos em torno da árvore do lugar onde plantamos nossa semente e deu muitos filhos. Pois bem, a árvore cheia dos preceitos resolveu, marotamente, repousar uma de suas folhas no copo da cerva que Iberê tomava. Ele não se fez de rogado e ingeriu a bebida daquele jeitinho, mesmo sob protestos:

— Qualé, Iberê?! Beber cerveja com planta, agora? Isso vai dar musgo!

Meu chapinha respondeu:

— Essa árvore tem sido guardiã do nosso samba, da nossa poesia! Ao beber dela, desejo ser como ela!

Assim como a árvore fincada na terra da mais apurada arte que guarda há muitas gerações as mais primorosas canções, Iberê se tornou guardião da maior música que o universo já conheceu: ele, O Samba. O show continua.

## NA BARRACA DA TIA

Luana passava a língua e devorava o cachorro-quente da tia da barraca. Um cara, que estava empacado numa conversa mole, observava assombrado e riu-se da cena, tamanho era o atracamento entre a garota e o sanduba. Com a boca toda engordurada, devolveu a expressão de deboche, virou-se com temor de que ele viesse lhe pedir um pedaço. O garoto se riu mais ainda:

— Aí, menó! — chamou, apontando para Luana. — Que fominha, mermão!

As palavras de DG por um instante lhe devolveram os tempos infantis. Recordou-se dos tempos em que descobria sabores e rastreava suas preferências sob os carinhos da mãe. Ela gostou e se enamorou daquelas risadas. Ele tinha uma pele lisinha, tão escura e brilhante, aquele sorriso de Omar Sy, sabe qual é? Tão bonito com tudo o que Deus lhe deu. Adorava mordiscar os lábios para travar o sorriso. Luana não tivera amores na vida, além da mãe. Havia noites que se punha numa nostalgia tamanha, saudade do que nunca foi. As amigas, bravura pura, de portas abertas a experimentar. E ela, com uma fechadura, chaveada na vasteza de repressões. Imaginava-se já de casa posta e tudo com DG. Mas como faria? Ele não chegava nem demonstrava interesse. Não tinha audácia para se achegar. É preciso ousadia para dar em cima de um homem. Ela não tinha esta disposição. Fora criada para fechar a cara se algum engraçadinho se metesse a besta. Até porque presumia que seria zoação do cara. Considerava que não obtinha a predileção entre os rapazes. Ela usufruía de uma coroa de dreads, de uma boca espessa e de uma pele melânica numa modulação dourada. O amor era como algo desmanchado dentro de si que vazava em poças de desacolhimento.

Conhecia o boy de vista, sabia que era muito cobiçado, marrento e que ele integrava um grupo de funkeiros. Muitas garotas faziam propaganda das proezas dele. Tinha um ego sinistro, do tamanho de um busão. Ao mesmo tempo, percebia que DG era como uma criança, umas brincadeiras de tapas, cascudos. Colocava pilha e mais pilhas em cima dos outros, umas bem bobas e imbecis, quase um pela! Seus envolvimentos eram tudo ao mesmo tempo e, agora, sem afeto e cuidado. E segredava dentro de si:

— Comigo não. Comigo vai ser diferente!

Hesitava na ideia de ser exclusividade de alguém. Até porque imaginava que não gostava desse tipo de cobrança abalançando-se sobre ela. Nesses termos, não era uma capitalista ferrenha, capitaneada pela propriedade privada. Era nisso que tinha crença: algo saudável que estimulasse sua autonomia. Não estava nem aí para agradar terceiros e que se existisse outras ou outros na relação, imaginava acolhimento sem punição.

O trailer virou ponto de encontro, marcou a hora em que ele costumava se entocar por lá. E quando dava, não demorava muito, Luana irrompia e levava seus pés até a barraca. Era aniversário de nove meses de um namoro que só passeava nas ruas individuais do coração de Luana. Nas inércias do seu afeto, ficou sabendo que ia rolar uma festança, comemoração de mais uma primavera de DG. Os aparelhos celulares em punho, disparando as coordenadas do baile. E ela marcando bobeira, sem notificação alguma. Num impulso de um arranco só, disse:

— E aí, cara? Beleza?! É que minha irmã se amarra em funk assim, das antigas. Me passa aí as "parada" do seu aniversário!

— Claro, novinha! Vou botá meu número no seu cel. Pronto, tá aí! Brota! É 0800...

— Já é! Mas sou novinha, não — disse, rindo-se toda.

— Fala sério! Parece novinha! Não é novinha, mas é muito bonitinha.

Ele lhe deu um beijo, uma piscadela com o olho esquerdo e sorriu o sorriso que só ele sabia sorrir. Sentiu aquele beijo escorregar pelo pescoço, apertar-lhe o peito e viajar na pulsação descontrolada do que pode ser a vida. Montou na leveza de carícias consoladoras e cavalgou nas aberturas que suas imaginações escavavam. Foi a primeira vez que seus dedos tremeram e se enroscaram nas delícias e explosões que a visão de DG provocava. Seu corpo se esparramou num choro, numa expressão de prazer tão intensa que doía. O amor arrebentou o paredão das contenções.

Por causa desse cilhar de corpos, a vida migrou. Após esse beijo, o mundo de fora tomou conta, e os medos de dentro encolheram. Suas ideias corriam livres, sentia o gosto da água, alimentava-se dos dias bonitos. Seus sentidos não giravam mais em torno da falta, sentia um transbordamento e uma vontade de partilhar afeto. Os dias foram se demorando, mas, quando a espera ameaçava se depreciar em desespero, ela se socorria naquela lembrança. O amor se assemelha a isto: um bom olhado, e quanto mais a gente se farta dele, mais se quer distribuir. Não guarda nada só para si, não tem monopólio.

Poderosa, pisou no baile, estava no jeito. Festa arregada. Percebeu que ainda era cedo estava tocando charme, o pancadão não comia solto. Avistou DG e foi marchando em direção a ele, mas seu corpo foi bloqueado por um rapaz alto, meio sem jeito, a puxando para dançar. Aceitou o convite do outro.

Não sabia ao certo do que DG vivia, parecia da geração nem-nem. Acampava na barraca da tia, bebia de uma cerva que nem chegava sentir o gosto, de tão ligeiro que engolia. Depois partia para um treinamento de uns passinhos, o corpo parecia de mola. Nos fins de semana, ia para os bailes, ou pra umas ruas, e ficava numa disputa que chamavam de batalha.

Corriam uns boatos de que ele andava metido com coisa errada. Vivia nos panos, tênis da moda, umas roupas acesas com cabelo descolorido. Será que hoje teve embaço? Por que sumiu assim?

Uma multidão se sacudia e geral festejava assim:

"Era só mais um Silva que a estrela não brilha". Lembranças de muitos que saíram para voltar e não voltaram mais.

DG fazia um movimento ornamental que iniciava nas pernas, atingia os quadris e irradiava na pube. Ele a tonteava! Dançava tipo um frevo, misturado com funk, break, samba, sei lá.

As pessoas se abraçavam num juízo abalado. Finalmente, ela e DG balançavam abraçados, embrulhados nos respiros dos apetites e marés de calor. Luana remexia na métrica da rima, preenchia com versos o espaço vazio das estrofes, e, quando a poesia ia se desenhar, uma galera arrastou DG para longe. Ele vivia cercado de uns caras que pareciam odiar qualquer mulher que se aproximasse dele. Olhavam com desconfiança ou ciúmes não se sabia bem.

— Vou te dá um papo reto: tu adora ficá garrado numa boa bunda, tá beleza! Essas aí só não podi estragá os bagulhos entre a gente e dá uma de X-9. Tá ligado, irmão?!

— Ainda! Fé, tropa!

— A gente vai levá essa parada pro mundo todinho! Mas tem que deixá na encolha, até os cara chegá pra filmá!

— Coé? Tá me estranhando? Tô na minha! Não vou mostrá pra ninguém, esse bagulho de dança, agora!

O brabo dominava a arte da ilusão e se tornara invisível, de novo. Virou fumaça! Luana se apressou, não suportava mais, a vida não podia ser aquele esperadouro. Todo este tempo se enfeitou de desejo. Saiu a investigar pra ver qual era o caô. Topou com DG içado no corpo de uma mina. Amassava a garota tão junto a ele que pareciam ser um só. Ele desgrudou da cintura da menina e a leitura labial revelou:

— Goxxxtosa!

A cara de Luana trepidava prestes a explodir de ciúmes. Ensaiara o eu te amo por muitas vezes, ali naquele trailer. A fome era de gritar seu amor. Só um gemido baixinho, quase silencioso tremulou dos seus lábios em inanição:

— Não sei se te quero ainda!

DG navalhou um sorriso de canto de boca e lançou:

— Ixquecii! Aí calica, vem! Tava só ensaiando. A dança maneira que ninguém viu, quero fazer contigo!

Luana se vira, corre para se fartar do cachorro-quente da barraca da tia. Tenta prender o tempo, como as aves fazem quando cantam para chamar as estações que são como ondas que beijam o litoral. A variedade de cores que reluziam fê-la lembrar da primavera em que florescem plantas das mais variadas espécies, texturas e matizes. E cogitava em aceitar o pedido de DG. Quem sabe pudesse florir num outro sabor de sanduíche, de aroma diferenciado, sem culpa e vigilância! Num ritmo que não precisa ser só em dupla, num passo que geral pode dançar.

## O MAIS QUERIDO DO BRASIL

Corria 2019, um ano antes do Grande Surto que paralisou o mundo. Eu estava às voltas no pátio, outras na galeria, é dia de revista. O trago do "achanã", é um sinal sensorial delicioso que espoca na minha língua, fecho os olhos para saborear bem. Já no bolso, trago um problema de visão, olho e não vejo nada. Não ia poder comprar mais cigarros, nem tão cedo! Eu era "a correria" das "rondantes" fazia uns favores, trocava por um pão na graxa ou outra coisa qualquer que me agradasse.

Respirava asfixia, a única coisa que me desagoniava era meu time. O Flamengo estava atrás de reforços, eu acompanhava as notícias com pretinha. Ela tinha um "gancho" que rodava uma internet murcha, mas dava pro gasto. Também via os jogos na TV das guardetes quando eu pedia para limpar o dormitório delas.

Pra ser "correria" tem que desfrutar de uma confiança, algo de que sempre gozei. Fui uma pessoa domesticada, pronta para atender às demandas alheias. Crédula, acreditava em promessas que nunca se cumpriam. A longo prazo, com as mãos impostas, acreditava nas ilusões, nas expectativas, num futuro melhor! Talvez por isso vim parar aqui.

Roque chegou naquela manhã perguntando por minha amiga. A gente teve um rolo há muito tempo, éramos adolescentes. Estávamos mais velhos e experientes. Todas as vezes que nos víamos havia uma tensão. Parece que a lembrança daquele sexo no ponto de ônibus, de madrugada, flutuava entre nós e aterrissava num segredo que tinha se calado. Mas não era um peso, éramos atraídos pelo nosso mundo secreto em que só nós tínhamos acesso para decifrar. Num jogo de sol e sombra.

Eu respondi que não sabia da garota que ele procurava. Sorrimos, conversas aleatórias nos despencaram para umas cervejas que nos arrastaram pela tarde. Roque tinha habilidades para a vida.

Eu passava o dia atrás de bicos para ganhar um dinheiro. Vivia um dia de cada vez. Estar com ele me desprendia da merda a que eu sobrevivia. Fomos pro meu barraco, meus irmãos não estavam em casa. Minha mãe estava sumida há três dias. Ele me jogou no trapo que restava de um sofá todo arrebentado e raspou sua língua em mim. Senti um gozo instantâneo que aliviou meu espírito triste. Não satisfeito, me virou fazendo acrobacias e de costas disparei mais um orgasmo. Ele pediu pra tomar um banho, avisei que tinha que encher a lata.

— Vocês não têm sabão aqui?

— Não, o banho é só com água quando tem.

— Nós suamos muito! O cheiro não sai só com água! Bárbara, você é tão especial, não merece viver assim.

Fiquei encarcerada dentro daquela tarde. Sem Roque, me faltava o ar. Eu o amava com tanta paixão que ultrapassava qualquer obstáculo para mantê-lo comigo.

Tínhamos em comum o Flamengo. E, nesse ano, o Imperador tinha reatado o casamento com a nação. E o grande e memorável Andrade comandava a equipe. Vínhamos numa crescente e, na penúltima rodada, íamos enfrentar o Corinthians, em Campinas. O Roque tinha ingressos, ia me levar pra ver o jogo e me deu uma missão. Ele me explicou, disse que era para eu não temer. Tudo daria certo.

— Agora, agora! Vai, vai! Olha, amor, o Zé Roberto ganhou do Jucilei e botou por baixo das pernas do Felipe! Que golaço!

O jogo transcorria aflito, tenso pra mim. Nunca havia saído do Rio de Janeiro e, após a partida, eu ia cumprir com o que Roque me pediu.

Léo Moura marcou mais um de pênalti, o jogo terminou. Uma euforia me dominava e embarcada nela, fui para o aeroporto. Era a primeira vez num também. Achei tão divino! Ao mesmo tempo casquinava risos nervosos, pingava preocupação.

— Moça, abra a mochila, por favor! Recebemos uma denúncia.

— Mas, moço, por quê? Eu não tenho nada, não fiz nada!
— Abre logo essa porra!
— Mas...
— Perdeu, neguinha! Não fica de marra!

Então, me empurraram as costas, dei com os cornos no chão, acocharam meus braços para trás e pregaram as algemas.

Vi o meu time ser campeão brasileiro na cadeia. Depois de dois meses, me transferiram para um presídio no Rio de Janeiro. Foi o máximo que Roque fez por mim. Após dois anos, fui julgada e peguei dez anos, por tráfico. Esqueceram-me. Fui tatuando meu corpo, ninguém me visitava. As tatuagens eram uma forma de botar as saudades pra fora!

Recém parida aqui dentro, percebi que era perdida, solta como do lado de fora. Eu não tinha facção, fiquei numa ala para as meninas assim como eu. Nestas arrumações, o dia a dia não era mamão com açúcar. Eu dormia perto do "boi". Fui destrinchando este "rastio" de pólvora: se eu fosse da região x da cidade, podia me juntar a facção daquele lugar. Escolhi esta opção pra não ficar vagando feito alma penada. Criatura silenciosa, eu suava uma espécie de firmeza. Isso aliviou um pouco meus rumos na tranca, uma cara amarrada, fez laço para uma camaradagem. Passei a gostar da companhia dos livros, tô sempre com um debaixo do suvaco. Eles conversam comigo num tom de conquista, seduzem minha mente. Tem gente até que acha que sou zureta! Eu opero assim: se a xerife me manda "abanar", abano. Se as "águias" pedem favor, faço. Eu me viro para não ter problema, nem com uma parte nem com outra. Mas não sou andróide, não! Até melhorei meu palavreado! Os dois universos me forçaram a falar duas línguas.

Só não costumava pensar sobre mim, só sentia minha incapacidade para ser sozinha. Este é o meu problema, aprender a viver dentro de mim. Nunca escolhi ser só, pouco a pouco a solidão me rebocou para um deserto.

A fossa da cela transbordava quando chovia muito. Uma água insalubre com fedor insuportável enchia o cubículo. As paredes do presídio choravam. A cadeia fornada cozinhava meus miolos na época de calor intenso. As recordações do barracão onde eu morava, os choros que procuravam meu pai e minha mãe, uma confusão me corroía até os ossos.

Vivo esmagada pela saudade, ardendo na escuridão das minhas olheiras, meus cabelos esparsos, a pele ressequida, sinto-me acabada! Não consigo viver tranquilamente. Vivo presa e dentro de uma agitação. Para não enlouquecer na dor da solidão, me embriago de cigarro, escamo numa aguardente de merda ou leio, continuamente.

Na cadeia não fiz amizades, de verdade, divido a cela com condenadas por crimes diversos. Tem uma aqui que tem a língua solta, não fecha a matraca. Está sempre às voltas com problema. Às vezes, pela vacilação tem que "bancar bronca" dozotros.

Existem muitos murmúrios de raiva como os meus, choros que ficam ancorados ao pescoço feito corrente chumbada que me dobram os joelhos e me fazem tombar.

Sacaram da pergunta:

— Por que tá na jaula?

— Pela amargura do amor.

Eu confessava como uma afronta. Acho que assumi tanto as grades que eu mesma sou a jaula. Vivo trancafiada na minha tristeza.

Aqui é o reflexo do mundo fora das grades, pelo menos o meu mundo! Como nos tempos do barraco, não tem água para todas nós. Banho? Às vezes, sou obrigada a mocosar um balde para minha higiene semanal. Quando a gente tá menstruada é um saco! Remédio para cólica e dor sempre é negado. Assim que cheguei fiquei cheia de ziquizira, por conta de dormir no chão, sem banho. Eu tenho muita diarreia no segundo dia da menstruação. Deus é testemunha e o sistema também. Mas quem liga? Para os olhos que não querem me ver, rastejar em solos abrutados é minha paga.

Dizem as companheiras que esta é uma fase boa porque é depois dos andamentos. Comentam que, antigamente, além destes lances, havia uma opressão das presas umas contra as outras. Tinha gente que a família trazia o "jumbo" e acabava ficando sem isso. Porque "os alemão" pegava. Tinha até curra com "Chico doce". Aí, surgiram as falanges que implantaram um "respeito" entre nós. Elas falam disso com uma nostalgia dos velhos tempos, em que o crime e os criminosos tinham outra cara. Elas se sentem abraçadas!

Na minha particularidade, só o Flamengo me abraçou! E agora, neste ano, iniciamos a temporada ganhando o torneio Florida Cup e o Carioca. Tem o Brasileiro, mas é a final da Libertadores, e a minha liberdade cantou! Estou sem rumo, para que pressa? Resolvo passar um dia a mais na cadeia. Estou apavorada, não preciso correr. Tenho medo de ir e descobrir que não sei pra que porra de lugar vou. Tinha o caos dentro de mim. Até me ofereceram um posto na boca...mas não quero ser braço de ninguém, pra daqui a pouco rodar de novo ! Prefiro um mergulho nas surpresas. Sejam elas boas ou não.

Jesus, debaixo de um céu com nuvens espessas, resolve fazer milagre. Tudo aconteceu lenta e desesperadamente. Willian Arão não consegue cortar a bola no centro da pequena área, e o River Plate marca o primeiro gol, na primeira finalização. Meu coração fica cercado por grades. Minha boca parece meter-se pra dentro, como se eu tivesse levado um soco. Um gosto de fígado e amargura alastra-se sobre meu paladar. Meu estômago subiu até minha garganta e permaneceu por lá. E foi assim até os quarenta e três minutos do segundo tempo quando Bruno Henrique enfia uma bola pro Arrascaeta que toca pra Gabigol empatar. O bum das pessoas que estão lá no estádio me chacoalha e um tremor das artérias reboliça minhas ancas. "Gooooool"!

A vida em suspenso, me senti como um pássaro, numa felicidade que perdura com coisas importantes. Um ardor tão profundo que se torna dolorosamente irreal. Gabigol ganha do zagueiro e fuzila a rede do adversário, mais um. Dessa vez, não ouço gritos, minhas águas dos olhos e da confusão da boca desabam! Um tilintar de estrelas ecoa e limpa o céu, o Flamengo é campeão da Libertadores! Uma luz tirada do meu sorriso marmoriza o chão cor de chumbo.

 A vida é assim precipitada, cheia de imprevistos como esse jogo! Sinto-me em paz, um bálsamo de calor desentope as narinas afogadas no muco. Serenidade, após uma satisfação violenta. Acho que estou confundindo tristeza com calma. O apetite da necessidade é irresistível. Carrego essa fome comigo. Amolo a faca que bamboleia e machuca meu peito, nas esperanças que borbulharam com essa partida de futebol. Será que meus destroços estão despertando? Talvez, sim. Sou boa aprendiz, sei rasgar-me e mesmo assim, permanecer inteira. Sei que o passado já foi, o futuro não sei, e o presente é meu, só meu. E eu sou Bárbara!

# GURUFIM

Acordei às sete horas, meu corpo só deu o ar da graça às nove horas, e meu bom humor não apareceu, nem após o meio-dia. Tudo tardava a iniciar. A luz era dura, minha intuição me dizia que não seria um dia como outro qualquer. A gente sabe, mesmo quando não sabe. Meus olhos e meus ouvidos nunca ficam mudos, eu valorizo minha intuição. Estou sempre em travessia. Isso não quer dizer que tenho a expectativa como companhia.

Saliento que, desde a infância, sou uma pessoa falante, comunicativa, a famosa tagarela. Gasto uma grande parte do meu tempo em conversas intermináveis, sem objetivo algum. Conversas, para mim, são como brincadeiras, não chega a lugar algum mesmo. Quem conversa já chegou! Meu temperamento é extrovertido, sou pra fora. Sou afeiçoada aos animais. Eles oferecem uma amizade e uma fidelidade que não são dadas aos homens comuns. É uma lembrança boa para me agarrar, no momento.

O vento batia e trazia memórias da pele, eu me arrepiava por inteira, encrespação como de bicho. Um suspiro adentrava minhas narinas descia pelo gogó e machucava minha barriga, eu devolvia o ar pela boca. O tempo se arrastava, a luminosidade entrava pelos buraquinhos da cortina que se transformavam em imagens esbranquiçadas. Levantei-me, calcei minhas sandálias e ganhei a rua, na tentativa de dominar aquele sentimento.

Puxei a ruazinha, mais duas esquinas, e avistei o fundo da praça. Segui até a birosca, pedi um pingado e um pão na chapa. Seu João retrucou: "Não está muito tarde pra um café da manhã? Já estamos servindo almoço!". Ao que respondi: "Os dias não são iguais e eu faço o que meu corpo pede". Dei um sorriso aberto. Ele deu de ombros e saiu. Acho que não gostou da minha resposta enviesada. Eu olhava pro meu celular, mensagens pulando, vozes implorando para serem libertas. E me esquivava, não interagia, elas sempre me ofereciam sorrisos intranquilos e pálpebras tremiliquentas.

Foi quando uma voz metalizada que vazava da TV, parecendo irreal, flopava uma notícia arrebatadora! As palavras sustentaram o ruído da minha perplexidade: "Não pode ser, ele parecia imortal". O grande mestre do samba partiu pro Orun. O último personagem que manteve contato com os fundadores do samba carioca. É bem verdade o que falam: "um ancião que morre é uma biblioteca que queima". Atabalhoadamente, deixei minhas mãos repousarem sobre minhas coxas, a notícia empurrava minhas pernas para espasmos involuntários. Num pequeno instante, minhas ideias voaram para uma lonjura sideral. Mas consegui agir sobre as partes de mim que adormeceram e mais uma vez levantei e calcei as sandálias.

Corri pelo bairro como louca, ia atrás dos vizinhos para averiguar a veracidade dos fatos. Vi Dona Almerinda aos prantos, não tive mais dúvidas. As premonições, enfim, encontraram seu caminho, contornos e forma física.

Anoiteceu e uma noite tipicamente carioca, calorenta se instalou entre nós. Eu, meio embrutecida, fui ao mesmo botequim do meio da tarde e me desconheci. Minha alma original parecia ter deixado meu corpo, uma amargura, uma hostilidade saturada por álcool embriagava meu espírito e passei a amaldiçoar a todos a minha volta. Até o pobre cachorro que sempre conduzia minhas andanças trôpegas levou a dele. Umas fúrias indomáveis passaram a explodir, um mau humor de morte, toneladas de ódio!

O espírito da morte apossou-se de mim e, mesmo tendo consciência de que feria sentimentos alheios, não conseguia controlar minha rispidez. Quando a manhã voltou, desfiz os fumos da noite, minha ternura de coração tentava dar as caras, bem fraquinha, intermitente. A morte daquele grande menestrel queria me carregar com ela. A morte não fica satisfeita em levar um só, mas pelo menos três. E ela me cerrou na minha caixa de ébano.

O velório ia ocorrer às onze horas da matina. De novo mergulhei nos excessos. Estava assombrada. De súbito, minha atenção foi atraída por um jorro meio fluorescente, meio cinza, meio de horror. Chamei um carro de aplicativo. A motorista não sabia a rota, não era ali da região, só se guiava pelo GPS. No domingo não há comércio aberto, o trânsito costuma ser mais leve. Depressa, levantou-me um sentimento de antipatia por aquela mulher. Iniciei uma reclamação por não fazer o roteiro que eu conhecia. Acontece que havia uma barreira na estrada do PORTELA, na altura da Firmino Fragoso. Os carros eram obrigados a realizar outras manobras e não o percurso habitual. Saltei do carro, falei cobras e lagartos, bati a porta do carro com força, coisa que motorista de aplicativo odeia. Que se dane se ia levar nota baixa. Minha vida estava bem pior que distopia de Black Mirror. Avancei rapidamente, dobrei na curva da Clara Nunes. Um corredor de botequins tocava "Portela, suas cores têm na bandeira do Brasil e no céu também". A nuvem cinza me acompanhava, ligeira e gradativamente, aquela amargura, desgosto, aborrecimento iam me consumindo, a ponto do povo que estava nos bares me temer e se benzer!

Com a minha aversão à vida e uma nuvem de lágrimas ferrosas a me perseguir, meus olhos carregados se alongavam para uma aparição azulada. Essa aparição também passou acompanhar meus passos com pertinácia. E ambas travaram uma luta para ver qual se sobressaía. Os movimentos dos passantes me chamavam, gente na fila para estar perto do corpo do grande artista. Imergi no burburinho da quadra da escola de samba.

Nos dias de festa, ensaios, a quadra canta, dança, treme, os corpos não tardam em brotar como pétalas se abrindo. O Estandarte baila lindo, reluz como vela, a ondulação da flâmula avisa aos que não conseguem se aproximar que ali está a porta-bandeira. A quadra fala e transmite mensagens sonoras das mais belas, sacode, gira, para, desfalece e reclina para nos beijar, ardentemente. Essa é a sensação que tenho todas as vezes que estou aqui. Mas parece que em velório o clima não é bem este.

Funeral é aquele ambiente pesado, de muita ladainha, choros exagerados, desmaios, taciturno, macabro, onde os que ficam dizem que ali jaz o destino de todo homem, toda mulher. E só se lembram, nos seus egoísmos, da falta que sentirá do outro. Talvez seja da utilidade que o outro tinha. O fim derradeiro, última morada. Esse tanto de coisa trágica. A morte gosta deste clima, se sente confortável, entende que ali é seu lugar. Estes sinais significam que ela pode plantar desânimo e desalento e carregar mais gente com ela.

Mas uma música rasgou o ambiente, eu me alardeei, e as sombras que me circundavam entrecruzam-se e baralham-se para ouvir a música que não era usada como arma nem se debatia sólida entre pedras, plainava doce e delicada. Palmas, muitas palmas, tátátátátátá, exaltação da vida e legado do poeta. Uma paisagem de sons. As pessoas estavam dispostas numa roda infinita, acima das vagas humanas tremulava paixão, reverência. Um baticumbum vibra dos tambores, o estandarte que vai no ritmo da porta-bandeira, hoje, envolve o corpo do compositor que aparenta flutuar. Novos cantos rompem, meu espírito de repulsa e desumanidade vai sendo vencido, uma gentil presença me arrebata, alívio! Soltei um canto de arrepiar os ossos, as pessoas em volta se emocionaram com minha declamação, se espantaram em ver que minhas feições rígidas tinham se liberado num rosto maleado no benfazer.

— Jana, o que houve? Desde ontem você encalçava um mar de danação. E agora está aí, na louvação.

— É assim que é, celebrar até nos falecimentos é enobrecer a vida! A partir de hoje, sigo por esta iluminação.

Pois não é assim que se engana a morte?

# DESPERTAR

Início da noite, o pisca-pisca de fosfeno chamusca e pesa nos olhos de Amina que teclava, furiosamente. Dia fatigante não suportava mais as tarefas e obrigações de um *home office* de onze horas. As fragrâncias de feijão e arroz, as atividades intermináveis, mensagens de aplicativo, redes sociais, cobranças das pessoas que a queriam participativa sem saber se tinha condições mentais de estar funcional. Amina não suportava esse dever de devolver às pessoas o que elas, um dia, tinham lhe feito de bom. A gratidão é algo que não se cobra! E se a gente só ajuda esperando retorno e engrandecimento, isso tem nome: é vaidade. Na sua organização interior, esse era o fluxo.

E na rua o que vejo? As linhas da cidade dividem as ruas. Nas ruas nascem revoltas e pessoas irresponsáveis. Os ajuntamentos para desvarios e para gritar por justiça. O largo da Misericórdia clama por vida, e a rua do Ouvidor escuta o que gentes e mentes combalidas têm a dizer. Às vezes, alienar-se é uma grande defesa. Mas ai de mim se assim executo!

Uma vez fingi ser como Celeste. Ninguém sabia se esse era seu verdadeiro nome, mas como parecia estar sempre no céu, assim era conhecida. Ela tinha os cabelos esvoaçantes, olhares levantados para cima, andava sempre com uniforme de gente que fez o ensino normal, um apagador e giz, além de canetas enfiadas no bolso. Era perceptível que a qualquer hora que fosse suas lágrimas escorreriam pelo rosto, seus olhos viviam úmidos. Seu português era excelente, quando abria a boca o mundo se perfumava de poesia. Em algumas ocasiões que eu a encontrava, ela me dizia: "Amina, perdi a capacidade de estar entre os vivos, minha cabeça já não pensa, só faço o que a alma deseja. Meu coração foi perfurado por um punhal, deixou uma cicatriz tão imensa que sangrei por todos os orifícios do meu corpo, afetou essa gerigonça que chamam de cabeça". Ela divagava pelas ruas, em alguns momentos as sílabas rebeldes e embaralhadas forçavam passagem, era o sinal tocar no vermelho que cantava assim: "fechal sinou". Era capaz de passar dias fixada num embalo febril, como se quisesse ninar alguma dor. Nesse tempo, eu ficava meio que a perseguindo, tentar vibrar na mesma frequência, era um esconderijo armado nas dobras do blusão do desatino. Eu me sentia conectada. Recitava uma coisa ali, outra acolá, eu observava aquele seu modo de coser as palavras, aquele odor de desunião com a lucidez me fascinava. Eu invejava a vida dela do fundo do coração. Mas não me era honesto fingir que havia uma desorganização dentro de mim, para me proteger. Até porque sou péssima atriz.

A consciência ou o espírito acendem fascínios e abrem um farol de caminhos que só dão satisfação a si mesmos. Sou capturada por um pressentimento e percorro os espaços e cantos escuros desconhecidos. Meu corpo parece envolto nas trevas e, ao mesmo tempo, em clarões. Pequenas gotas rúbidas de suor brotam sobre meus braços, mãos, coxas, calcanhares, pescoço e rosto. Uma água vermelha tinge o chão, sinto um tormento me engolir por inteira. Descalça, tento correr ao ouvir passos velozes que parecem me perseguir. Minhas pegadas se fixam no chão, o pigmento avermelhado vai dando pistas da minha trajetória. É assim, o poder feminino segue trilhas de sangue mesmo. Sentindo uma presença muito forte, volto-me para trás e ali está a voz de uma pessoa que clama por paz e vida.

Num baque seco, sou empurrada para lugares de minhas lembranças e, à medida que eu avanço, vou acarinhando pássaros, flores, borboletas. Adentro numa floresta e pulo numas águas, nadava e acossava aqueles murmúrios de sofreguidão e dor.

Um mundaréu de água despenca. Muitos raios. Eu fico temerosa de ser fulminada por essas lanças luminosas. Uma rainha dourada surge das águas doces do rio, leio seus lábios que me pedem calma com um sorriso maternal. Ela me conduz até a outra margem do rio e sou protegida pelo seu espelho que fustiga a luz, ao sabor de um lance de chamas. As centelhas retornam aos céus. Em seguida, ela abre seus braços, me entrega um cesto de abarás e ordena: "leve consigo e ofereça aos que se esforçam em fazer o mal".

Atraco num santuário com interior talhado em ouro em estilo rococó, estou nervosa e encabulada. Sigo adiante e atinjo a parte exterior. Não acredito! Meus olhos derrapam!

Estremeço, estou de volta à sala da minha casa, com puta dor! Minhas costas doem, minha cara está marcada com as letras sequenciais "C A N S A D A". Gemi alto, tentando entender estes impulsos. Dentro do quarto, abafei gritos, quis bater a cabeça na parede, me debatia contra meus limites, a memória de uma angústia encravada na minha cabeça. Talvez a dor, mesmo quando tudo já passou, deixa suas próprias marcas.

Tenho que confrontar mais um dia de trabalho. Uma estafa e tristeza em estar afastada das minhas convivências, a opressão sobre minha gente parece estar com mais força, porque não há momentos de respiro. Eu não posso me dar ao luxo de pensar apenas em mim. Fico arrodeando a casa, para ajeitar meus pensamentos. Várias noites eu venho sonhando com uma mulher jovem e outra mais velha. A mais velha recebe pontapés, safanões e chicotadas sem motivos. A mais nova tem um bebê no colo e tenta protegê-lo do perigo.

A dimensão inacreditável das distâncias e do tempo fazia do meu próprio tempo uma fração, imensuravelmente, confusa. Projetos de aniquilação, caminhos de morte e engendramentos de chacina estão no encalço das gerações da minha ancestralidade. Sinto a exaustão do banzo e, exatamente, por isso continuo. Deixo a raiva me purificar e ouço o que o Ori tem a me falar. Ele atabula que devemos conservar a nossa parte boa tanto para nós como para os outros que nos rodeiam.

Sou projetada para um Rio de Janeiro onde o valor da vida era a centralidade da gestão. Uma fecunda esperança era o perfume local. Os saberes, os conhecimentos e as lutas estavam assentados e eram tão importantes como outros que encabeçavam os destinos. Mas havia aqueles que não reconheciam este mundo e não encontravam lugar, se esforçavam para reavivar a via do luto. Suas consciências infelizes agarradas nas agressividades e na violência comum à supremacia branca conspiravam para demover a primeira mulher eleita que tinha em sua administração valores como: respeito ao corpo e ao diálogo com outros corpos, o direito à memória, o fim da categorização social baseada em gênero e o comunitarismo. Um novo começo se confirmava.

Com o coração batendo em todos os poros, no meu íntimo já sabia o que fazer. Eu me senti contente comigo mesma, com minha coragem. Apelei para meus encantos, me fiz próxima, dancei com meus lenços e ofereci os abarás para aqueles que pretendiam derrubar a governante. Desconfiados não aceitaram de imediato, mas eu comi os bolinhos pelas beiradas, e, então, eles se convenceram e se empanturraram. Caíram todos adormecidos.

— Você não sabe? Estamos todos juntos agora.

— Sim, não vamos a lugar algum, uma sem a outra.

— Isso inclui homens e crianças também.

— Cuidamos uns dos outros.

De pronto, foi entregue em minhas mãos um documento intitulado prerrogativa de inocência. E a estadista me disse: "Você é abençoada como a umidade que frutifica a terra, seja duas vezes abençoada, nunca te falte a doçura do mel nem a pureza da água, nem para você nem para os seus. Sua linhagem guardiã sobrevive. Suas histórias de honra e vitórias serão contadas".

Retorno, naquele espaço de constituição de uma imensa maioria de homens brancos, à sociedade dos machos. Uma aragem gelada joga na minha cara que é julho e, na área de fora da igreja, eles estão reunidos com uma mulher de apelo misterioso. A mulher olha para um lado e outro como quem procura um rosto conhecido. Ela me vê e parece me conhecer, sorri. Vou me esgueirando para que eles não me vejam. Numa conversa muda, entrego o manuscrito assinado e com o timbre "Província do Rio de Janeiro", com a inscrição: INOCÊNCIA.

Percebo a ocorrência simultânea das possibilidades. Eis aí o semblante que podemos alcançar sem com isso ter a pretensão de decifrar o enigma por inteiro que continuará a nos desafiar: perambular em círculos. Os espelhos vazios sem imagens de nós tornam-se cheios de nossas essências. Nossos reflexos se revelam face a face. Ajudo na realização de futuros e alivio as dores dos meus ancestrais. Caio no despertar como um tronco.